eye.

守望者

——

到灯塔去

守望者 · 香樟木诗丛

世界诗歌日

臧棣诗选

臧棣 著

南京大学出版社

图书在版编目(CIP)数据

世界诗歌日:臧棣诗选 / 臧棣著. —南京:南京
大学出版社,2023.2
ISBN 978 - 7 - 305 - 26176 - 3

Ⅰ.①世… Ⅱ.①臧… Ⅲ.①诗集-中国-当代
Ⅳ.①I227

中国版本图书馆 CIP 数据核字(2022)第 178967 号

出版发行 南京大学出版社
社   址 南京市汉口路 22 号   邮 编 210093
出 版 人 金鑫荣
书   名 世界诗歌日:臧棣诗选
著   者 臧 棣
责任编辑 陈蕴敏

照   排 南京紫藤制版印务中心
印   刷 徐州绪权印刷有限公司
开   本 880×1230 1/32 印张 10 字数 154 千
版   次 2023 年 2 月第 1 版 2023 年 2 月第 1 次印刷
ISBN 978 - 7 - 305 - 26176 - 3
定   价 65.00 元

网   址:http://www.njupco.com
官方微博:http://weibo.com/njupco
官方微信:njupress
销售咨询热线:(025)83594756

目　录

卷一

母亲的金字塔入门 ………… 3

必要的天使丛书 ………… 5

柠檬入门 ………… 7

茉莉花简史 ………… 9

碘酒简史 ………… 12

小白鲢简史 ………… 14

单数爱好者 ………… 17

口技简史 ………… 20

盆栽植物入门 ………… 22

蝴蝶课入门 ………… 24

光明之书简史 ………… 26

数月亮简史——仿李贺 ………… 28

徜徉学简史 ………… 30

瞭望塔简史 ………… 32

雪是最好的白药简史 ………… 34

冬天的神话简史 ………… 36

美丽的旋涡简史 ………… 38

维茨纳峡谷简史 ………… 40

锻炼——为冷霜而作 ………… 43

牧羊人协会 ………… 48

蜡像制作者协会 ………… 50

玩偶协会 ………… 52

迷宫爱好者协会 ………… 54

系铃人协会 ………… 57

香蕉人 ………… 59

弧线爱好者协会 ………… 61

世界睡眠日 ………… 63

世界诗歌日 ………… 65

卷二

念珠协会——纪念阿赫玛托娃 ………… 69

卡米耶·克洛代尔致天才代理人入门 ………… 72

我喜爱蓝波的几个理由 ………… 75

纪念罗德里戈丛书 ………… 77

纪念王尔德丛书 ………… 79

纪念乔琪亚·奥吉芙 ………… 82

纪念柳原白莲丛书 ………… 85

德谟克利特入门 ………… 88

史蒂文斯诞辰日入门 ………… 90

纪念艾米莉·狄金森逝世一百三十周年入门——
Emily Dickinson，1830 年 12 月 10 日—1886 年 5
月 15 日 ………… 92

巴门尼德协会 ………… 94

马拉美的悬念入门 ………… 96

史蒂文斯诞辰日入门 ………… 98

向莱辛致敬入门 ………… 100

艾曼纽·丽娃丛书 ………… 101

梅丽尔·斯特里普入门 ………… 103

转引自朱塞佩·兰佩杜萨 ………… 105

转引自卡尔·克劳斯 ………… 107

转引自贝克莱 ………… 109

转引自特拉克尔 ………… 112

转引自勒内·夏尔 ………… 114

转引自马塞尔·普鲁斯特 ………… 116

转引自埃兹拉·庞德 ………… 119

转引自赫拉尔多·迭戈 ………… 122

转引自希罗多德 ……… 124

读仓央嘉措丛书 ……… 127

咏荆轲——为1991年秋天的死亡和梦想而作，或纪
　　念戈麦 ……… 129

卷三

春泥入门 ……… 137

我的蚂蚁兄弟入门 ……… 139

夜班，或伟大的小说入门——仿刘立杆 ……… 141

浸于火入门 ……… 144

月亮疗法入门 ……… 146

北方启示录入门 ……… 148

就没见过这么圆的灵药入门 ……… 150

非常偏方简史 ……… 152

深居简史 ……… 154

以雪为窗简史 ……… 157

冬天的判断协会 ……… 159

如果是青铜——仿保尔·瓦雷里 ……… 161

冷雨协会 ……… 163

缓慢的折叠，或1998年秋天的反自画像 ……… 165

鹅卵石广场——仿伊塔洛·卡尔维诺 ……… 167

苍白的火焰——仿李贺 ………… 169

火鸟日记 ………… 171

内部穿孔 ………… 174

虎头月亮——仿阿波利奈尔 ………… 176

篝火协会 ………… 178

咖喱粉丛书 ………… 180

新简历 ………… 182

越位 ………… 184

卷四

敬亭山入门 ………… 189

白马寺入门 ………… 191

郎木寺入门 ………… 194

钧弋夫人墓前 ………… 196

过五峰书院 ………… 198

寿山日记——仿辛弃疾 ………… 200

人在婺州——仿陈亮 ………… 202

方岩归来 ………… 204

百望山雪意简史 ………… 206

千岛湖丛书 ………… 208

西湖日记 ………… 211

西湖丛书 ………… 213

紫霞湖简史 ………… 215

琵琶湖简史 ………… 217

坝上草原 ………… 219

渤海 ………… 221

猛烈的海岬丛书 ………… 223

帕米尔丛书 ………… 225

柳荫公园内的圣迹 ………… 228

昆明湖 ………… 231

芒砀山西汉壁画观止 ………… 233

九子岩简史 ………… 235

翠峰寺简史 ………… 237

阿克木那拉烽火台 ………… 239

卷五

扦插入门 ………… 243

人在科尔沁草原，或胡枝子入门 ………… 245

菊芋入门 ………… 247

郁金香入门 ………… 249

龙舌兰入门 ………… 251

白莲入门 ………… 253

兰花简史——仿苏东坡 ………… 255

坚果日记 ………… 257

蛇床简史 ………… 259

冰岛观鲸记 ………… 261

虎鲸简史 ………… 264

海豚日记 ………… 266

金枪鱼简史 ………… 268

柏林的狐狸入门 ………… 270

银鸥入门 ………… 272

海鸥简史 ………… 274

鹌鹑协会 ………… 276

雁南飞 ………… 278

金麻雀丛书 ………… 280

竹眼蝶丛书 ………… 282

蜥蜴简史 ………… 284

蓝天鹅简史 ………… 286

北方的狼入门 ………… 288

老虎是用来倾听的 ………… 290

诗，生命的自我表达——答敬文东 ………… 292

卷　一

母亲的金字塔入门

你从画报上看到
上了年纪印第安女人的面孔
比时间的皱纹更密集于
命运之神从我们身上夺走的
生命的魅影。明亮的背景中，
太阳金字塔像一座孤岛
隐喻着它四周看不见的海水。
与你的姐妹相比，你不太热衷于
从风景中提炼秘密，无论是
生活的秘密，还是存在的秘密；
因为在你看来，太美的风景
都是对人生如梦的刻意的加速，
那近乎一种心灵的失控。
但这一次，情况似乎有点不同；
你明确地说，你很想去看看

桌状高原上的金字塔。就好像
只有现场才会成就这样的震撼——
巍峨的呼吸，竟然先于
阿兹特克人的直觉。巨大的静止
化身为信仰的建筑，从每个角度
看过去，都比遗迹还擅长奇迹。
或许，它的静止的表演也意在提醒你，
我们并不是宇宙的唯一的观众。
有好几次，我努力避开来自世界
各地的游人，将自己置身于
金字塔那明亮的阴影中：那里，
亲爱的母亲，我所能看见的一切，
无不来自你无形的高度。

2015 年 12 月 1 日

注：太阳金字塔（Pirámide del Sol），位于墨西哥的特奥蒂瓦坎古
城城北。

必要的天使丛书

到处都是迷宫，但医院走廊的尽头

却有迷宫的弱项。天知道

我为什么喜欢听到他

像买通了死亡的神经似的轻声叫喊：

还有租船的没有？其实，

他想说的是，还有租床的没有？

但由于口音里有一口废弃的矿井，

每次，病房里所有的人，都把租床

听成了租船。一晚上，十块钱。

行军床上，简易铁管支撑起粗糙的异乡。

快散架的感觉刺激着我

在黑暗的怪癖中寻求一种新平衡——

肉体的平衡中，波浪的平衡

后面紧接着语言的平衡，以及

我作为病床前的儿子的眼泪的平衡，

而灵魂的平衡还远远排在后面呢。

上半夜，我租的床的确像船，

而且是黑暗的水中一条沉船。

下半夜，我租的床像一块长长的砧板，

很奇怪，睡不着的肉身并不具体。

我的父亲刚动过大手术，他的鼾声像汽笛，

听上去新的征程即将开启；

于是，在福尔马林最缥缈的那一刻，

每个黎明都像是一个港口，

窗外的绿树已竖起塞窣的桅杆；

而我作为儿子的航行却远还没有结束。

2005 年

柠檬入门

护工拿着换下的内衣和床单
去了盥洗间。测过体温后，
护士也走了。病房又变得
像时间的洞穴。斜对面，
你的病友依然在沉睡。
楼道里，风声多于脚步声。
你睁开迷离的眼神，搜寻着
天花板上的云朵，或苇丛。
昨天，那里也曾浮现过
被野兽踩坏的童年的篱笆。
人生的幻觉仿佛亟需一点
记忆的尊严。我把你最爱的柠檬
塞进你的手心。你的状况很糟，
喝一口水都那么费劲。
加了柠檬，水，更变得像石头——

浸泡过药液的石头。卡住的石头。
但是，柠檬的手感太特别了，
它好像能瞒过医院的逻辑，
给你带去一种隐秘的生活的形状。
至少，你的眼珠会转动得像
两尾贴近水面的小鱼。我抬起
你的手臂，帮你把手心里的柠檬
移近你干燥的嘴唇。爆炸吧。
柠檬的清香。如果你兴致稍好，
我甚至会借用一下你的柠檬，
把它抛向空中：看，一只柠檬鸟
飞回来了。你认出柠檬的时间
要多过认出儿子的时间：这悲哀
太过暧昧，几乎无法承受。
但是，我和你，就像小时候
被魔术师请上过台，相互配合着，
用这最后的柠檬表演生命中
最后的魔术。整个过程中
死亡也不过是一种道具。

2014 年 11 月 28 日

茉莉花简史

一部分是劳作，一部分是痛苦，
荣耀仅次于持久的爱情。

——华莱士·史蒂文斯

自带旋律。无名的忧伤
屡屡将它出卖给流转的霓虹
和半醉的轻影；而你不会想到
宽松的云，是它穿过的
一件最合身的素衣。此时，
光影的变换更强烈，被绿酒泼过的
夜晚，倾斜在它迷人的香气里。
击鼓之后，清秀是清秀的代价；
如果你自忖过眼的烟云里
会有不止一个例外，
那么，命运欠它的东西

就比欠你的，要多得多。

圣徒和愚人可曾在它面前

分得过一勺平等？或者

换一种口吻，什么人的死亡

曾在纯洁的容颜里鉴别

可怕的谎言？它粉碎过自己，

且并不吝惜在你的茶杯旁

露出它的小白牙；柔软的歌声里

有一张朝我们撒开的网，

但那不是它的错。

如果你不知道狂暴的飓风

才是它最终的对手，

你就不会懂得被历史淹没的

离散的记忆，令它的每一片绿叶，

每一朵花蕾都对应着

属于母亲的细节。别的植物

都不会有它这样碧绿的肩胛骨，

洁白的绽放仿佛能接住

母亲的每一滴眼泪；当少年的我

追问为什么时，母亲会像她

早年做过的战地护士那样

利索地擦去痕迹；而我想要
做一个好孩子的话，就必须听完
从她的湖南口音里飘出的
另一首欢快的歌。

2021 年 2 月 17 日

碘酒简史

撕掉时间的标签，
横断山脉磨着历史的棱角
也磨着少年懵懂的记忆；
金沙江水的奔流像一只大喇叭，
固执地重复着一个召唤。
野孩子其实也没那么野，不过是
碗大的疤瘌从电影的坏人嘴里
突然烙印在我的右膝盖外侧；
那正好是做晚餐的时间，
母亲从火上移开炒锅，转过身
利索地处理起我的伤口；
纱布和红药水就放在
床头的小篮子里，似乎是
专门为我准备的。包扎过程中，
母亲仿佛第一次提及

她差一点就去做战地护士；

而我则印象深刻，那看上去

有意过量使用的碘酒

可以浓缩成一个深奥的意图：

我正用我自己惨烈的尖叫

来教训我的鲁莽。但真正的教育

其实隐含在她的表情中：在惊恐面前，

镇静永远是最好的止痛药。

从多高的崖石上跳下

才会造成这样的创伤？在这一问题上

我确实撒了谎。而母亲

并不急于揭露，她的手法

似乎更高超，并且预示了

一个远见：杀毒的碘酒

也会杀灭出于恐惧

或无知的谎言。

2019 年 11 月，2021 年 4 月

小白鲢简史

在那一边，如果有人问起，
这将是一项绝对的纪录：
你的钓龄是从三岁开始的；
和同龄的城里出生的孩子比，
你的捕猎技艺开始得更早，
甚至深深烙进了童年的轨迹。
细长的钢色鱼竿，橘红色的小桶，
浅蓝色的网鱼兜，这器具的颜色
搭配得近乎完美；即便融入
岁月的布景，也不会轻易褪色；
每一次，它们轻微的颤动，
都会将我和你慢慢兜进
回荡着翠鸟欢叫的芦苇丛中。
每一次，腾飞的绿头鸭
都会成为晚餐上的重大新闻。

尽管口齿还有待完善，

但不到四岁，你已主持过

鸳鸯的出场。最惊人的消息

莫过于：没人教我，但爸爸

让我猜时，我第一次就猜对了——

羽毛好看的，个头大的，是公的。

每一次，"动物世界"的小尾巴，

在现场被抓住时，你的开心

都会进一步混入你的信心。

在你的钢琴课，跆拳道课，英文课，

绘画课开始之前，你的钓鱼课

已经让湖水的味道浓过了

街道的味道。我确信

你将永远记得我和你一起

发明的"绝活"：在罐头瓶里

撒入馒头渣，沉入湖水，

两分钟后，猛地拽出水面，

里面的小白鲢最多的时候，

竟然一次可以有七条。

而我也将永远记得你的

近乎哲人的小总结：这方法

倒是很好；但你依然喜欢用鱼竿

钓上来的小白鲢，而且那符合

你的原则，你更偏爱单数。

2020 年 8 月，2021 年 3 月

单数爱好者

在你之前，还从未有人
在这么小的年龄，在人类的
困境中，在生活的闪光里，
使用过这样的口头禅：
"我喜欢单数"。郊区的天鹅堡
是单数；失踪的天鹅，
肯定也是单数。晚上起夜，
查看被子有没有被蹬开时，
你的睡眠像奇异的花朵，
一看就是单数。更明显的，
细雨里的绿太阳，是单数。
盛夏的夜晚，在汹涌的蝉噪中，
明亮的西瓜月亮，是单数。
金灿灿的丝瓜花，是单数；
因为生命的颜色决定着

命运的走势，用金灿灿形容过

丝瓜花之后，就不可以

再用它比喻南瓜花。黄河是单数，

我带你在它的河套里

玩过流沙。沙漠是单数，

如此，孤烟的笔直才会深入

童年的记忆。长江是单数，

在镇江的望江楼上，波浪唤醒的

眼力，是单数；你仿佛看懂过

孤帆的远影。你背过的古诗

在我脑海翻滚着桂花的

芳香，就好像芳香是单数中的

单数。当父亲的威严

需要迂回时，你喜欢单数；

当母亲的疼爱需要

一个梯子时，你喜欢单数；

当生活的选择，需要

天真的借口时，你喜欢单数。

冬去春来，院子里的枣树，

玉兰，山楂，樱桃，柿子，

将你喜欢的单数布置成天意

偶尔也会顽皮的五角形。
连连看，上手之后，
启蒙数学不仅颜色偏绿，
而且很快就陷入了你的
单数的逻辑。我们比赛看
谁能又快又准确地数对
山楂树上青红的果子时，
每次都是你先数对。即便是
头一天晚上刮过大风，
我们展开新一轮的较量时，
怎么数，它们都依然是单数。

2019 年 3 月，2021 年 3 月

口技简史

嘴里叼着那么大的小东西，
怎么可能还会发出
那么悦耳的声音呢？
你的秘密发现，被我依据常识
想当然地否决了。你很委屈，
眼里的泪水足以将一头狮子洗成雕像；
你不服气，却因年龄太小
而不知道如何反驳常识的力量。

其实，只要做一个现场实验，
比如，把一块水果糖放在牙齿中间，
我就能及时修正我的偏见；
但我太自信，从未想到
很多常识其实都不过是
人放任自己的感觉的结果。

唯有你的喜鹊忠实于你的观察，
它甚至机灵得仿佛猜到了你的委屈。

仅仅隔了十天，我们
又一次沿解冻的荷塘转悠；
它突然从斜侧里嘎嘎叫着，
犹如示威般，飞过我们的眼前；
这一次，我的确看得非常真切——
欢叫的同时，喜鹊的嘴里
果然含咬着一个小东西，
很醒目，而且真的有那么大。

2019 年 3 月 9 日

盆栽植物入门

宜家的付款台前，小小的好奇
即将惊动你的零花钱。
每一次，只要有你在，
排队的时间就会让人类的灵感
幽默得像一场显摆。
来自父亲的教育，想要不被你识破
已经很难。我变着花样，
但主要是厚着脸皮，
冒充父亲的角色里始终藏有
你的一个兄弟。你会记得
每周给它浇两次水吗？
"会的。"但标准答案应该是，
"我保证。"其实在内心深处，
我有点惭愧，我不该这么早
就让你提前熟悉承诺的语气。

"我还知道它叫瓜栗，原产墨西哥。"

好吧。经你提醒，因为叶子

太好看，它好像还属于木棉科。

你还是教育的对象吗？

假如回答是肯定的，那么教育你

更多意味着教育我自己。

我爱你深到我能深深感到

你爱我其实更多，更慷慨，更无条件。

人世艰险，你却放任我

带你来到这世界上。作为回报，

我能做的最好的事情也只是

放纵你的好奇；鼓励你

在你的好奇中体验有什么东西

会真正出于生命的喜爱——

就如同这一回，我纵容你

买下这可爱的盆栽植物，

并诱导你迅速认出

它就是你小小的植物妹妹。

2017 年 8 月 14 日

蝴蝶课入门

白蝴蝶最常见，花园里就有；

黄蝴蝶也不算稀奇，但它有点像

刚刚萌生的男孩的性别意识中

邻家小女孩爱穿的小花裙；

最能激发个性的，并且在颜色上

最能吸引你的是，蓝蝴蝶——

很稀少，不是每一次都能在

点燃的期望中和它像精灵的兄弟一样

重聚在童年的欢乐中；

不过这小小的遗憾很快会在过剩的精力中

稀释成另一种情绪，每一次

你都会骄傲地记得你在植物园里见过它。

你们还展开过一场不公平的竞赛，

穿着新买的儿童鞋，奔跑着，

你努力想缩短和它之间的距离；

有好几次你差点就成功了，

但这么美丽的蝴蝶居然会耍赖——

在每一次看着都像是最后一次的抓扑中，

出于本能的狡猾，蝴蝶会突然变线，

一个轻飘的躲闪，就让你扑空，

然后沿着童年的惯性，摔倒在草地上。

我不会去扶你。这样做

肯定是有争议的，而我知道

你很快就会理解我希望你能理解的

一件事：我们对事物的喜爱

包含了我们的挫折，而真正的喜爱

常常就建立在这样的挫折之上。

2018 年 9 月

光明之书简史

我并非独自活在这世界上，而是活在众多的世界中。

——约翰·济慈

公鸡上树的时候，摸一摸
狗的脊背，让世界
也参观一下狗的安静。
活着，意味着自然
可以在你的孤独中得到
一个新的定义。除非深邃
也可归入一种感觉的方向，
否则，最好的介绍人只能是
缓慢在田野里的雾。
比如，我就曾激烈地做出过
一种反应：亲切的小溪
竟从未耽误过我们的

灵魂一秒钟。神秘的信赖

意味着时间的流逝

不全都是消极的；只有沉思，

才能回到宇宙的起源；

稍微严肃点的话，

世界怎么可能是迷宫？

漫游归来，一个轮廓渐渐清晰：

大地是祭坛，如果你的眼力

依然犀利，盘旋的苍鹰

应该正在给命运文身。

凡能够被弥补的，都意味着

我们不曾浅薄于神秘。

这算是刻骨的教训吗——

几乎每一朵好看的花

都公正着迟来的怒放。

美必须获胜，且不止是

在内心的战壕里。所有的痛苦

不妨交给夜莺去处理，

只剩下一个任务等待你

一展身手：成为太阳的朋友。

2003 年 9 月 26 日，2021 年 2 月 23 日

数月亮简史

——仿李贺

如果冥冥之中
真存在着生命的绝技，
将半个月亮，数到一万个，
应该算一种。

一万个月亮就像
一万只黄羊，你没有数错；
而这隐蔽的财富
将积累在命运的拐点处。

紫月亮，蓝月亮，蜂蜜月亮，
并且很显然，绿月亮的味道
比红月亮的，要稍苦一点，
但还在可忍受的范围内。

被数过的月亮会照亮

一个事实：没数过月亮的人

将会在世界的黑暗中

遇到大麻烦。但你不是先知，

你的建议必须态度温和，

没数过月亮的人

也许只是在听力方面

存在着先天的缺陷：比如

他从一开始就无法矛盾地

看待内心的黑暗中

一只金色的鼓，已在外观上

胜过乱跳的心脏。

2021 年 1 月 19 日

徜徉学简史

吊篮般的白云轻轻拎起
苍翠的群山，动作舒展得像是在
测试睡眠的效果是否良好；
会意之后，又将它们
放回到时间的边缘。所有的情绪
都稀释在柔和的阵风中。
伴奏源自一个对比：南飞的大雁
将人的孤独卷入一场哀歌，
而向北劲飞的雁群则爱抚着
更多的青天的影子；
但解释起来，就怕一条蛇
经过反复过滤，依然盘踞在
你的形状像筛子一样的纯洁中，
怎么抖动，都甩不掉。
这古老的视角，因季节而盛大，

但也只凭运气，才有效；

我们像恋人一样分开，

像神的儿女一样更激烈地

相拥在一起，加入石头的沉默，

以便非人的浪漫再也不会

从我们身上弄丢一个真相。

蔓延的芳草清理出一片旷阔，

风景的深处，更多的羚羊和红牛

已进入状态，更多的马

在咀嚼的间歇，像雄浑的雕塑，

相邻在神秘的温柔中；

偶尔移动，也不过是

梦和现实的界限，放松在

影子之歌中，就好像它们

也有过类似的感觉，从不记得

我们或许也是它们的替身。

2016 年 10 月，2021 年 8 月

瞭望塔简史

第一次出现后，隔了整整
一个夏天，它才再次出现；
之后，频率开始频繁，
几乎每周都会出现两三次。

每次出现，都只露出
背光的那一截，因而高度很难目测；
只能根据身边鹰隼幼鸟的嗷嗷声
来判断风声里有没有神谕。

视野之内，被封闭的世界
只专注于意识的颜色——
多么奇怪，它居然始终如一到
既不是黑的，也不是白的。

视野的尽头，如果有黑鸟飞过，

地平线会锋利得像刚刚磨过的刀刃；

但诸如此类的清晰并不来自

可视性，而是来自恐惧的轮廓。

每个被看清的目标

都像是被套上过欲望的绳索；

但真相的窥视者从未缩短过

一个生活的秘密。难道说

弗洛伊德有意弄错了这本

现代人体手册：我们的肉身

是我们最好的瞭望塔。被孤立在

一个无限的洞穴中，它甚至显得有点巍峨。

2021 年 6 月 5 日

雪是最好的白药简史

你不需要重新认识

雪白的含义，也不需要重新定义

什么是白药。你只需要

把你的手从黑洞里

抽出来，抓起一把新雪，

放在你的苹果脸上，狠狠揉搓，

直到那无形的尖叫押韵成

雪是最好的白药。

如此，你不需要重新解释

什么是命运，也不需要重新纠正

人的孤独为什么会比

向阳坡上的白雪更刺眼。

雪是你的命运，从飘落

到融化；一旦生活开始反光，

白色的时间何其短暂。

如此，注定会消失的雪，

在你和世界之间

制作了一场纯洁的起伏。

2022 年 2 月 7 日

冬天的神话简史

不断飘降的雪花

像一场轻浮的大戏，

将世界的无知撕碎成新的剧情；

时间已被漂白，死亡的本能

比邻新上冻的道具，光滑得令人

不敢相信动物的眼睛。

可怜的现实，新雪最新闻。

积压的迹象很露骨，

变形记仿佛已断裂在失眠中。

就连洞穴的深处，也开始变白。

天问始于草根很锋利，

高潮却很暧昧。时间之手，

将冰冷的触感悄悄传递到

一个盛大的比较中；

从拿到的皱巴巴记录看，全都是

混淆了摸索和挣扎的产物：

命运和雪的区别，不在于雪是白的；

人和乌鸦的区别，不在于乌鸦是黑的；

锁链和邪恶的区别，不在于锁链是铁打的；

以此类推，你和笼子的区别，

不在于笼子尚未编号。

2022 年 2 月 8 日

美丽的旋涡简史

致幻剂已重新勾兑过；
游泳的黑狗，即使感觉到
不对劲，也叫不出来。
静寂多么和谐，就好像
风口还在，但全部的风景
已安装过消音器。每个角落
都深沉着一个伟大的疲倦。
我试图从汹涌的脑海里移走
一个发了疯的旋涡。
现场就在附近，地上散落着
很多发黑的钉子。
刚下过雪，河岸的倾斜
毫无逻辑可言。大树底下，
如果埋过什么东西，
已知的罪恶也无法将它定义。

事实已被锉子锉过，

掉落的碎渣制成了最好的砖头。

血衣，打掉的牙齿，

结痂的锁链，或磨损的身份证，

散发出陈年的霉味，

就连见过世面的死神都感叹

死亡的想象力已不够用；

更不要说，蒙上的灰尘越来越像

一层层时间的报复。

旋涡的中心，即便戴了口罩，

小丑们的演技也相当精湛，

完全渗透了真相的神经——

抑或这本身就是一个标志，

残酷的戏剧的精髓，

几乎没有人能在真相中死去。

2022 年 2 月 9 日

维茨纳峡谷简史

圣多明各老城的

酒吧入口处，几簇非洲百合

在同伴的感叹中已生动如

伴娘的艳舞，它们的蓝睫毛

挑逗着多米尼加的毒太阳；

每个阴影都擦亮过

一秒钟的灵感。来自西班牙的诗人

看着墨西哥诗人翻译的

我的诗歌说：他去过上海

和成都，但因为女友闹痢疾，

他很遗憾没能去北京。

为了减轻他的遗憾，身为北京人的

我，告诉他，我去过西班牙，

但因为突然牙痛，除了维茨纳峡谷，

也哪儿都没去成。他显得很惊讶，

身为爱旅行的西班牙人，

他表示自己从未听说过

维茨纳峡谷，也不知道它距离

马德里有多远。言下之意，西班牙

有许多好玩的地方，您为什么

单单要去那个地方？我知道

下面的话或许有点失礼，但还是

脱口而出：去看一位从未谋面的

老朋友，洛尔迦。"谁?"——

费德里科·加西亚·洛尔迦，四十岁以后

我已有点讨厌记全外国人的名字，

但《深歌集》的作者，就像一道海沟，

早已刻进了脑海。为了缓和对方的疑惑，

以及开始蔓延在表情中的怪异神色，

我赶紧解释说：1936 年的一个深夜，

就在维茨纳峡谷，伟大的诗人

被粗暴地推下卡车，在长枪抵着

太阳穴的情况下，用破铁锹

给自己挖了一个土坑，

并在爆脆的枪声中躺了下去。

而我去维茨纳峡谷，既不是观光，

也不仅仅是凭吊，我的目的
很明确：就是要找到
那几颗邪恶的子弹，把它们
从大地的身体里取出来。

2019 年 10 月，2021 年 5 月

注：最新解密的档案显示，1936 年 8 月，加西亚·洛尔迦被西班
牙右翼组织长枪党秘密逮捕，随即被枪杀，遗体被草草埋入维茨
纳峡谷的一处荒地里。

锻炼

——为冷霜而作

现在，奔跑者已增加到二十一人。

并且，转弯之后，

路线就会顺着乳状的坡度

进入开阔地带——

它的舒展的扇形完全是

由垂直的表面风光造成的。

我即使不是预言家，也能断言

那里的冻土中

有上千只毒蛇纠缠成

一个光滑的难对付的结构：

反社会，反文化

反反，而且可以复复，

像是某种怪物发出的谐音；

它似乎能靠朦胧的激情

把一个潮湿的自我再抻长一寸，

然后埋进狭窄的洞口。

所有这些，特别是在紧里面，

当然不包括一张圆桌

和可耻的判断。

幸好，我们的目标同信念

和嗅觉有关，不会因环境而变化，

并且，几经迂回，它仍处在正前方。

对于那几条已渡过的河流，

喜悦的湍急的真理，

你已显示了潜力。

现在，如果我递给你

一把剪刀，你就能

把那些开始萌芽的灌木

修剪成反讽的彩旗。

在紧跟着到来的冲刺阶段，

它们当然是简易的雕塑——

变着形，却迎着真实的风。

这小小的迹象，可以

被追认成某个盛大的仪式的

组成部分。咚咚的鼓声

已隐约可闻，我猜想

是一只漂亮的黑牛

提供了那样的鼓。

但是对于我们暂时

还无法摆脱的那种境况来说，

是橐橐的脚步声

把地球描绘成了另一面鼓。

其他的有说服力的形象

可以从撕下的头条新闻中获得。

换句话说，秃鹰的眼力

其实更富有穿透性。

它们俯冲时，我爬在路旁

熄了火的出租车上看着：

我看到的是

天使像叉子一样准确、有力，

并且在整个可以用战役来

概括的过程中，始终保持着

颇具观赏性的队形。

它们投在地上的那些阴影

带着判决的速度，
移动着已沾满了生活之灰的
寓言的掸子。

现在，奔跑者正在形成
旁观者所说的那种集体项目。
天气的确不错，属于
可以溜进客厅中的谈话的
那一类；并且有人造森林
作为它翠绿的背景。仔细一看，
原来每个人在他开始奔跑之前，
都曾是一棵间接的树。
是奔跑永远地改变了这种状态。
胖子对瘦子说：
他们正在进行的奔跑
是对某种遗忘之物的重新发明。
他不把瘦子当白痴，
反而指着树干上
插着斧子的那棵树，
继续说，奔跑的原因
其实并不比这把斧子更复杂。

他们之间的谈话要点

可归结为好人和坏人之间的

共同点，就是人性的弱点。

现在，你也许开始了解——

这项运动的目的（包括目标）

不在于排挤，或是大面积地出汗，

而是为了纪念一位被误诊的神。

1998 年 11 月

牧羊人协会

买了一百只山羊，我打算开始
我的新生活。我的新角色是
扮好牧羊人。我用记忆的珍珠
制作我的衣扣。从乱麻里，
我抽出一根线索做我的皮鞭。
我也逐渐适应新的姿态，
我常常趴在草丛中的镜子上解渴。
我给我的头羊起名叫兄弟。
我经常对它说："兄弟，你难道
就不能兄弟一点，管好你的兄弟吗?"

一旦我对着空气挥舞我的牧羊鞭，
我就能听到和你有关的线索
在噼啪作响，不再顾忌
用戏剧来分配生活是否合理。

每天，我都会驱赶它们

来到不同的草场上。我的头羊

很懂事，它像是早有准备，

它开始坦然地咀嚼这首诗，就仿佛

它要对付的只是一株鲜嫩的绿草。

2004 年 1 月

蜡像制作者协会

哼着小曲，我们来到迷宫——

一路上几乎没遇到堵塞，

我们提前赶到。事情太顺了，

也会有小麻烦。所以，我们现在只能参观

迷宫的前身：一座蜡像馆。

只能是一边闲逛，一边伫候

这蜡像馆如何和沙漏捉迷藏，

脱胎成迷宫。该具备的

条件差不多都备齐了——

它有一座服装厂的面积，

转到哪个角落，都有点像在殡仪馆。

那气氛仿佛是要向我们暗示——

"假如没有尘世，假如没有天国，

假如只有现实。"没错，假如只有蜡……

用于照明时，蜡，就像凝固的诗，

完美得几乎无可挑剔，

而一旦用于捕捉我们的身体，

就显得滑稽而丑陋。

蜡，确实很辣，手段不俗，

它捕捉我们时，就像是在往我们身上

套一些花色鲜艳的衣服——

而一旦我们穿上，那些衣服

就会变成一张张皮。我能证实的只是，

蜡本身没有错，我们的身体

也没有多少错。也许，错就错在：

我们的身体是我们不太情愿承认的

一座迷宫。当然，也不总是这样。

2005 年 1 月

玩偶协会

从不起眼的角落，玩偶们向你传递
如何制作挽歌的秘诀。
它们的固执就如同你的天真暧昧于这首诗。
从你的角度看去，它们就像是
从幽暗的岩洞里飘出的青烟。

从缭绕的青烟，我取原型
像是从保险柜里取一份秘密文件。
我接受这样的挑战，虽然我知道
玩偶们已腐蚀于平庸之恶。
但也没准，这样的原型是可分享的。

每一样东西，只要曾被我们触摸过
它就需要挽歌。挽歌是它的洞穴——
就好像每个伴侣，在没有被认出之前，

都是一首披着围巾的挽歌。

没错，你就是我的挽歌。

而这样的真相并不意味着

可以随便议论人生的裂痕究竟有多大；

悲哀多么逆反，因为不借助挽歌

我们就无法再次相会在远方。

我也是你的挽歌——

就如同你是我的风景。

而诗的雄辩会彻底暴露这些玩偶——

譬如，通过短尾猫；它乖巧的肚皮下

正压着走样的金丝猴和蓝海豚⋯⋯

看上去，它们比我们更接近目的地。

2002 年 1 月，2005 年 4 月

迷宫爱好者协会

1

悬浮了很久的东西
终于有了落地的迹象。
再往前走，触摸越来越僵硬，
一盘棋已变成他的面具。

对围观的人来说，
它已经下完了。剩下的棋子
犹如收割后霉黑的茬口；
但是很奇怪，游戏并没有结束。

死角和死角之间
仿佛还有很多回旋的余地；

获胜者的口味，已经大到

悲哀并不都反映在棋子还有没有用。

2

一条路沉迷于曲折，

但蜿蜒稍一变形，他就是他自己的车站；

他买票，上车，听游客感叹

古老的帝都也不过如此。

刚从香山归来，脑子里便跳出

一个暗示：香山是北京的他者，

比紫禁城还有代表性。

因此，"我的香山"也是他的面具。

只有当呼吸触及自由，

那面镜子才可能由空气的透明度构成；

难闻的味道顶多暗示，

有人输了，但不一定就是他。

3

最新鲜的，居然是
无援的感觉，沉得像宇宙之锚
不断向深处坠去；
那里，影子们正吃掉死亡，

将真相的面积摊放在一个前提里：
死亡并不由死者构成。
但对参与者来说，无论如何，
绝对的封闭都必然意味着筹码很绝对。

就好像绕了一大圈，黑暗是代价，
但黑暗的代价并不意味着
被埋没的东西，可以通过独自燃烧，
将人生的孤僻照亮成一个形状。

2002 年 3 月，2003 年 6 月

系铃人协会

我收集蓝色草叶，然后将它们

插在时间的茎秆上。我知道

假如我说我收集的是绿叶子，

我的工作或许会招致更广泛的判断。

你也会有更充裕的时间

把精力集中在测量时间的茎秆上。

一旦深入，这样的测量工作

就会提醒你：人生距离诗

到底有多远。如此，我坚持认为

关键不在于被收集的叶子

是蓝的，还是绿的？其实，紫叶子

也很多。而我偏爱蓝叶子，

似乎是因你说过你这辈子

最想看到的花是一只冰蓝色的球。

我用照相机让那些蓝叶子

保持鲜嫩。我对时间的感情确实很复杂
就好像曾有一面镜子让我误以为
我是一头棕熊。我抓拍技术相当不错，
很受甲虫和蝶蛹们的欢迎。
我把我的日记写在底片上。
我从未担心过有一天
我的感情会板结成一块像是
从快要熄灭的炉膛里掏出的蜂窝煤。

　　　　　　　　　　　　　　　　2003 年 1 月

香蕉人

混过血的天使匆匆赶往
事发现场：斜雨中，这些香蕉树
正用狂暴的身体
为我们憋住了一句箴言。

花啊，带着只起了一半的名字
从未来得及扣好的衣缝中
一朵，又一朵地，向外面飘去，
向反光的蓝色飘去。

阵阵香气婉转于黄色的皮
已完全剥开，粘人的上弦月
执拗于我们终会从纯粹的惊讶中
学到一个东西：只要深呼吸

你就和宇宙共用着一个肺。

不得不作出选择的话

什么样的颤栗更值得挽留呢？

难道曾排列在花前的那些话

会比月光下搭在椅背的外套还无辜吗？

图案有了，但迷人的影子

却在迷惘中放任着一次亢奋；

意思就是，即便冷静之后，

一位天使也已在我们的白天

经历了他的夜晚；

他的高潮已被带上引号，

他的神话压下来，但轻得像一席被单

                              1992 年 8 月，1996 年 11 月

弧线爱好者协会

小说的弧线是院子里
有条黑狗冲着彩虹吼叫。
一边是凶猛，一边是安静，
最妙的是，夹在中间的
并不是你中有我。

打开盖子，世界的安静
便开始加入对流；声音的弧线
并不直观，除非仔细听，
才有点像魔鬼们刚刚醒来，
倚在防空洞里数钞票。

黑暗没有弧线。
黑暗中的美丽则雇了
无数的你，来讲究弧线

如何在暗中发光。印象中，
只有真理不借助弧线。

一旦遭遇变脸，
哲理可不像省油的灯；
哲理的弧线是庄子
在天堂里给柏拉图拔牙，
用的全是土办法。

大地的弧线是看上去
更像灰尘混入了点燃的湿柴，
呛人呛到绝对的缺席中
诗歌的弧线就如同我就是你，
这也是光的定义之一。

唯物论的弧线俏皮于
不只是傻瓜都爱踢石头，并声称
一点也不疼。爱的弧线则是
你告诉我，只有少数的混蛋
才能对伟大的美妙做到直言不讳。

2001 年 1 月，2002 年 4 月

世界睡眠日

你登不上那座山峰，
说明你的睡眠中还缺少一把冰镐。
你没能采到那颗珍珠，
说明你的睡眠中缺少波浪。

如果你再多睡一小时，
你就会睡到我。但是，请记住：
和深浅无关，我这样交代问题，
我始终在睡眠的反面。

你现在还看不见我，但事情
也可能简单得像你现在还看不见蜻蜓
或萤火虫：它们还在睡眠，
它们的睡眠从未出过错。

它们的睡眠时间很严格，让世界看上去像

一座早春的池塘。靠什么保证质量呢？

如果我说此时，它们的睡眠像一份火星的礼物，

已在朝我们急速飞来的半途中。

2013 年 3 月 22 日

世界诗歌日

同样的话，在菊花面前说

和在牡丹面前说，

意思会大不一样。更何况现实之花

常常遥远如我们从尘土中来

却不必归于尘土。

拆掉回音壁一看，

原来耳朵是我们的纪念碑，

但耳朵什么时候可靠过？

怎么看，心，都是最美的坟墓，

但你什么时候见过一个美人

曾死于心。菊花在生长，

心，从里面看着。

心，安静得好像有只蝴蝶

正停歇在篱笆上。

我承认，我是一个有罪的见证人——

因为除了陶渊明的菊花，

我确实没见过别的菊花。

2013 年 3 月 21 日

卷　二

念珠协会

——纪念阿赫玛托娃

海军工程师的女儿，

夏天到克里米亚的海滩避暑，

所以，小小年纪她便懂得

真正的仁慈源于蔚蓝的天空；

青春期的尾声，在彼得堡

读法律系，参与多角恋，

以便重新测量生命的自由

在巨变的前夕到底还剩下

多少个人的边界。值得庆幸的，

她的意愿始终强于世界的意志；

时代的迷雾中，她从未弄丢过

人的目标。"花园中

响起的音乐"，让她迷上了

词语的秘密：一个高傲的灵魂

可以不必像围观者解释

任何事情，只需专注于

"仅仅展示一切"。那年月，

流行诗歌车间，往昔的风格

已瘫痪在风向的激变中；

灰暗的背景音里不时传出

铁锤粉碎枷锁的轰响；

连曼杰施塔姆也要求

诗的材料不能低于粗重的石头。

诱惑这么多，但伟大的直觉

告诉她：把念珠搓好了，也能对付

偶像的黄昏。诗人的责任

是在时代的缝隙中凿穿

"祭司性文体"，让历史变成耳语，

宽恕所有愚蠢的爱，直至那

内心的祈祷超越了性别的障碍：

"你将成为我的天使"。

2009 年 6 月

注：

1.“念珠”取自阿赫玛托娃的早期诗集《念珠》；

2.“祭司性文体”，语出曼杰施塔姆对阿赫玛托娃的评论。

卡米耶·克洛代尔致天才代理人入门

处女作一点也不含糊，

名字就叫"金色的头"。

我是罗丹的学生。在卢浮宫附近，

有一件深蓝色的中号浴衣，

配有白色镶边，很适合我。

看在成人礼的份上，买下它吧。

我很容易羞涩，但说话很直接。

只有赢得过纯洁的心的人

才有机会懂得：河里洗澡归来，

"我光着身子睡觉，好让自己感觉

您就在身边。"我所有的梦

都结实得像青铜已接近完成，

以至于听上去，"唯一的遗憾"

严谨得如同"我从七岁开始

就从事雕塑事业"。《华尔兹舞者》

是刚做好的，半人高，如果可能，

"我想为这件作品向您请求

一份大理石订单。"亨利·封丹

打算用 2000 法郎买那尊小胸像，

虽然我很缺钱，但"我觉得

这有点太多了"。这年头，

艺术严酷于人性，而"自发的

赞赏，实在太珍贵了"。

常常，我感到有一双隐形的手

迟早会"把真正的艺术家从裹尸布里

拉出来，并轻轻合上棺椁"。

但更频繁的，我觉得自己矛盾于

一个人害怕被埋葬的命运。

我还能和谁交流灵感呢？

"做一根神杖要花一整天"，

而磨掉上面的那些接缝

却要耗费五六天的时间。

沉浸即代价。"我已有两个月没走出

雕塑室半步了"，落款 4 月 25 日。

请原谅我的坦率，莫拉尔特，

"倘若您能巧妙地不露声色地

让罗丹先生明白，最好不要
再来看我，您将给我带来
有生以来最大的快乐"。
也许我有点过于敏感，因为牙疼
就能让我觉得"几乎要疯了"。
如果我的判断还像从前那样，
我最心爱的作品是《珀耳塞斯》，
特别是头部，真正的爱人
也不可能如此完美；但是很不幸，
它好像被罗丹暗中收买了。

2017 年 12 月 29 日

注：诗中引文均出自《卡米耶·克洛代尔书信》中文版（华东师
范大学出版社，2007 年 9 月），略有改动。

我喜爱蓝波的几个理由

他的名字里有蓝色的波浪，

奇异的爱恨交加，

但不伤人。浪漫起伏着，

噢，犹如一种光学现象。

至少，我喜欢这样的特例——

喜欢他们这样把他介绍过来。

他命定要出生在法国南部，

然后去巴黎，去布鲁塞尔，

去伦敦，去荒凉的非洲

寻找足够的沙子。

他们用水洗东西，而他

用成吨的沙子洗东西。

我理解这些，并喜爱

其中闪光的部分。

我不能确定，如果早生

一百年，我是否会认他作

诗歌上的兄弟。但我知道

我喜欢他，因为他说

每个人都是艺术家。

他使用的逻辑非常简单：

由于他是天才，他也在每个人身上

看到了天才。要么是潜在的，

要么是无名的。他的呼吁简洁，

但是听起来复杂："什么？永恒。"

有趣的是，晚上睡觉时，

我偶尔会觉得他是在胡扯。

而早上醒来，沐浴在

晨光的清新中，我又意识到

他的确有先见之明。

2002 年 11 月

纪念罗德里戈丛书

比孤独，我们会遭遇爱情。

多数情况下，美妙很容易见底，

快一点巧合慢一点，造化自有分寸，

才不在乎你付没付印花税。

比默契，我们全都在我们的水平线以下。

不美妙也不复杂。一块伤疤用另一块伤疤指出

我们的人性究竟困难在哪里——

情爱中的恐惧甚至比爱情中的神话更美；

深刻于颤栗，也不是不可能，

关键是看你能包容多少宇宙的压力。

比心灵，意味着给两人之间的风格装上一个开关，

轻轻一按，沉重就有了迷人的灵活性。

比灵活性，你会进一步地体会到

天赋的作用可能远大于我们之间

你所熟悉的任何一种起伏。在哪里跌倒，

就在哪里逆反。比哪一点更突出，

我们会面对在我们的复杂和单纯之间

有太多的你。你总要比你多出一块。

比你我，无非是比希望还会怎样打发我们。

比西班牙是否动人，我们就会陷入你一个人的伟大。

2006 年 10 月

注：胡瓦奎因·罗德里戈（Joaquin Rodrigo，1901—1999），西班牙作曲家。

纪念王尔德丛书

每个诗人的灵魂中都有一种特殊的曙光。

——德里克·沃尔科特

曙光作为一种惩罚。但是，

他认出宿命好过诱惑是例外。

他提到曙光的次数比尼采少，

但曙光的影子里浩淼着他的忠诚。

他的路，通向我们只能在月光下

找到我们自己。沿途，人性的荆棘表明

道德毫无经验可言。快乐的王子

像燕子偏离了原型。飞去的，还会再飞来，

这是悲剧的起点。飞来的，又会飞走，

这是喜剧的起点。我们难以原谅他的唯一原因是，

他不会弄错我们的弱点。粗俗的伦敦

唯美地审判了他。同性恋只是一个幌子。

自深渊，他幽默地注意到

我们的问题，没点疯狂是无法解决的。

每个人生下来都是一个王。他重复兰波就好像

兰波从未说过每个人都是艺术家。

伦敦的监狱是他的浪漫的祭坛，

因为他给人生下的定义是

生活是一种艺术。直到死神

去法国的床头拜访他，他也没弄清

他说的这句话：艺术是世界上唯一严肃的事

究竟错在了哪里。自私的巨人。

他的野心是他想改变我们的感觉，就像他宣称——

我不想改变英国的任何东西，除了天气。

绝唱就是不和自我讲条件，因为诗歌拯救一切。

他知道为什么一个人有时候只喜欢和墙说话。

比如，迷人的人，其实没别的意思，

那不过意味着我们大胆地设想过一个秘密。

爱是盲目的，但新鲜的是，

爱也是世界上最好的避难所。

好人发明神话，邪恶的人制作颂歌。

比如，猫只有过去，而老鼠只有未来。

你的灵魂里有一件东西永远不会离开你。

宽恕的弦外之音是：请不要向那个钢琴师开枪。

见鬼。你没看见吗？他已经尽力了。

他天才得太容易了。玫瑰的愤怒。

受夜莺的冲动启发，他甚至想帮世界

也染上一点天才。真实的世界

仅仅是一群个体。他断言，这对情感有好处。

因为永恒比想象的要脆弱，

他想再一次发明我们的轮回。

2011 年 10 月

注：本诗中部分诗句或改写或取自王尔德的著述。

纪念乔琪亚·奥吉芙

绚烂的花朵协助她

找到秘密的权力。作为回报

她深入沙漠，默默地

帮助花朵从芸芸众生中

独立出来，醒目于

意蕴无穷。有时，她的身体

就是一个小小的祭坛。

而她的大眼睛就像

险峻的峭壁上的鹰巢。

说她是花朵的解放者

很可能是恰当的。自助于静物——

她揭示出这样的状态

不仅仅适用于

心灵之花。手法呢，

颇带点男子气概，

历史上也属于头一回：

她，奥吉芙，伟大的美洲人，

将花朵画得比人体还要大。

而在另几处，她画的房子

安静得像睡着了的小黄牛。

比我们所了解的任何一种悟性

还要极端：毫不含糊地，

她视自我为一次牺牲——

这方面，她在诗歌上的姐姐是

沉静的艾米莉·迪金森，

在哲学上的妹妹则是

狂热而犀利的西蒙娜·薇伊。

但又不像那非凡的两姐妹——

她对写东西多少感到羞涩，

她不知道如何应付才能让语言

看去上不是一件衣服。

此外，同那些已经画出的

和正在酝酿的花朵

达成的秘密盟约是严酷的——

绘画不能沦为替代品。
绘画中当然也有美，但必须
矛盾于劳作的洁癖。

一生中大约只有寥寥数次，
她比较过自杀与自卑，
结论呢，大部分都藏在了画布上。
像很多同行一样，一开始
她也把她的画看作
她的孩子，把绘画比喻成分娩。
而到了晚年，她突然陷入
一种新颖的固执：她自己掏钱，
买回早年的绘画，就好像
她不是那些画的作者，
而是它们的还幸存着的女儿。

2001 年 10 月，2003 年 5 月

注：乔琪亚·奥吉芙（Georgia O'Keeffe，1887—1986），美国
画家。

纪念柳原白莲丛书

身边已足够辽阔。

15 岁第一次结婚。比青春还左。

26 岁又嫁给煤炭大王。比金钱更右。

但是，左和右都把你想错了。

37 岁春风把你吹到牛奶的舞蹈中，

做母亲意味着家里有一口大钟，

挂得比镜子的鼻尖还高。

历史是入口。闪烁的星星知道你的秘密，

就仿佛你给它们寄过紫罗兰和蜂蜜。

嘿，我在这里。你的喊声

回荡在爱与死之间。而死亡是

一种奇怪的回声，它带来的每样东西都很新鲜。

比如，悲哀是新鲜的，它不会

因日子陈旧而褪色。能判断你的人

似乎不是我们这些好色的圣徒。

据说鲁迅也没见过比你更美的女人。

而我感到的压力是，不变成一个女人

我就没法理解你的高贵。

但是崇拜你，就意味着减损你，

甚至是侮辱你。你提醒我们

你曾向秋天的风中扔去一块石头。

那意味着什么？你帮助语言在身体那里

找到一个窍门。对盛开的梅花说

只有细雨才能听得懂的话。而最重要的话，

如你表明的那样，只有讲出来

才会成为最深邃的秘密。

你赢得信任的方式令我着迷，就仿佛

信任不是一种选择，而是一次机遇。

最大的信任常常出现在早晨。

比如，柿子像早晨的眼睛，

脱离了夜晚带给它们的

低级趣味。柿子挂在明亮的枝头。

你发明了看待它们的目光，

从太阳的背后，从时间的反面。

猫头鹰已经飞走，乌鸦的黑拳头

摆平了时代的赌局。成熟的柿子，

肺腑间的珍珠的格言。你的和歌

并未让今天的风格感到遗憾。

因为你再次证明了，诗是这样的事情：

我们必须干得足够骄傲。

注：柳原白莲（1885—1967），日本女诗人。

德谟克利特入门

很受宠，家里最小的儿子，
所以假如死亡能带来真理
他就不必费神去解剖兔子；
接着，他用解体的兔子去喂
对笼子感到愤怒的豹子。

一切都计划得很经验。据传言，
在豹子之后，他不顾邻居的反对
还解剖过一头狮子。结论是
就勇气而言，将生命的本质比作
一头奔跑的狮子，至少没撒谎。

见不得血腥的柏拉图曾叫嚷，
要用火焰来惩罚他的疯狂——
因为他相信，幸福并不在心灵之外的

任何地方，甚至不在死后；

所以任何时候，迅猛于简朴都是秘诀。

他被带进法庭，但作为思想的被告，

他是幸运的。希波克拉底作证，

至少从老鹰嘴里脱落的乌龟

赞成他的想法：就命运而言，

没有不完美的世界，只有不快乐的人。

到了晚年，他用爱琴海的强光

照瞎自己的双眼，以便

人生中最伟大的黑暗

能像永恒的记忆一样绝对地封存

他年轻时爱慕过的地中海美人。

2019 年 1 月 5 日

史蒂文斯诞辰日入门

季节的轮替将我们推向

古老的出发点。高大的榆树下，

凭借枯黄，落叶打薄了欲望，

但街道依然坚挺人生的插曲。

电线杆顶端，怎么会缺少

从纽黑文飞来的乌鸦正在放哨。

此时，唯有碧蓝的长天

能让时间的洞穴陷入羞愧。

阴影下，黑松鼠拨弄

鹅掌楸的指针，终于找到

坚果的破绽。它不反驳

棕红色的松鼠更常见；

它灵巧于它的身材瘦小，

但这很可能只是表面现象；

更深的意图是，它信任

俏皮的具体性，用它灵巧的身体

把世界之大排斥在

一个秘密的游戏之外。

它颠跑着，仿佛在示范

怎样才能在生命的好奇和生存的警觉之间

保持好一个微妙的距离。

仅次于死亡，它活泼的躲闪

竟然给生活留足了一个面子。

它活泼得就好像有一只眼睛

正从迷宫深处打量

仍然处于边缘的我们。

我猜，假如我们有办法

将我的身体缩小到同样的尺寸，

我也可以获得那样的眼光，

从内部，目击到一个陌生的我。

2017 年 10 月 2 日，Boston

纪念艾米莉·狄金森逝世一百三十周年入门

——Emily Dickinson，1830 年 12 月 10 日——
1886 年 5 月 15 日

白天，心灵是放牧的对象，
柔软的绒毛温顺在
即将落下的树叶的抚摸中。
晨露浪费了初吻，唯有知更鸟的鸣叫
偶尔还能尖锐一下爱的短暂。
她把院门打开，将属于她的
也属于我们的心灵放牧到
树林的边缘。她胜任光明深处的
黑暗，一如她胜任黑暗中的
孤独。入夜后，她将放牧后的心灵
从荒野召回到身边，"说出
全部的真理"其实没那么难，
但前提是"不能太直接"。

就这样，她以自我为永恒的伴侣，

将诸如生的伟大死的光荣

远远地甩在了以我们为深渊的

时间的后面。在她之前，英杰无数，

但还从未有一个人像她那样

敢于成为：她自己的先知。

2016 年 5 月 15 日

巴门尼德协会

具体到不得不使用

人的有限性时，思想是有形状的——

就好像完美的大地来自

一个生动的球形。这直觉了不起，

堪比最好的觉悟会带来

一个激动的信念；要知道

那时哥白尼还尚未诞生。

受爱的本源刺激，他发誓

这世界的背后，存在的存在不仅真实，

而且是永恒的；但为面子好看，

所有的错误都必须算到

命运的头上。人的基本问题

是如何赋予自然一个可信的形状。

比如，为了神秘的美，

麒麟头上就只长着一只角。

野牛头上的两只角，好看倒是
好看，就是浅薄于太对称。
作为智者，他很少提到爱，
次数少得有点不正常，就好像
他深知：爱残酷于存在的真实，
而多数人却只愿意接受
假象的安慰。热恋之际，
每个人既是爱人，又是爱本身；
一旦失败，就会崩溃于
如此普通的肉身竟然
从来就没真正代表过爱，
更不要说胜任爱人的形象。
窍门也不是没有。只要每个人
都虚心于从自身的体积入手，
将命运缩小成一个个生活的缺陷，
人还是有很多机会的。
他的确示范过一个动作——
随手一挥，一支朝向宇宙尽头
飞去的箭，被他抓在手心。
年轻人，你也想试试吗？

2002 年 4 月，2006 年 1 月

马拉美的悬念入门

　　　　　而我的灵魂会驳斥我的人生。

　　　　　　　　　　　　　　　　——雪莱

沙沙作响，但是安静更绝对；
稍一屏息，回声即心声；
如果不取巧历史，辽阔始终是
最好的听众；甚至悠悠也很耸立，
但前提是，白云不拟人。

寒冷比冷静更前沿；
爱上北方的理由可以有很多，
但最难解释的，最能让遥远的记忆
将你击中在小山谷里的，
依旧是，人的背影随着落叶纷纷

渐渐隐入苍凉对时间的诱惑。

那里，永恒和偶然

在生命之歌中的相互竞争

甚至激烈到骰子尚未掷出，

马拉美的悬念就已无关命运多舛。

2018 年 11 月 9 日

注：题记引自珀西·雪莱的《生命的凯旋》。

史蒂文斯诞辰日入门

季节的轮替将我们推向
古老的出发点。高大的榆树下，
凭借枯黄，落叶打薄了欲望，
但街道依然坚挺人生的插曲。
电线杆顶端，怎么会缺少
从纽黑文飞来的乌鸦正在放哨。
此时，唯有碧蓝的长天
能让时间的洞穴陷入羞愧。
阴影下，黑松鼠拨弄
鹅掌楸的指针，终于找到
坚果的破绽。它不反驳
棕红色的松鼠更常见；
它灵巧于它的身材瘦小，
但这很可能只是表面现象；
更深的意图是，它信任

俏皮的具体性，用它灵巧的身体

把世界之大排斥在

一个秘密的游戏之外。

它颠跑着，仿佛在示范

怎样才能在生命的好奇和生存的警觉之间

保持好一个微妙的距离。

仅次于死亡，它活泼的躲闪

竟然给生活留足了一个面子。

它活泼得就好像有一只眼睛

正从迷宫深处打量

仍然处于边缘的我们。

我猜，假如我们有办法

将我的身体缩小到同样的尺寸，

我也可以获得那样的眼光，

从内部，目击到一个陌生的我。

2017 年 10 月 2 日，Boston

向莱辛致敬入门

绿树林背后，池塘安静得像
小湖瞒着狸猫，悄悄嫁给了
在我们出生之前，就已扔弃的
一面镜子。作为一种观念，
命运究竟过滤了多少人心的邪恶，
和你是否无辜，竟然没什么关系。
水面之下，几条鲈鱼看上去像
鲤鱼从未见过冷酷的小钩子。
除了留下一个背影，喜欢钓鱼
算不算故意隐瞒历史和出身呢。
凡自觉上钩的，宁静就是一场洗礼——
没关系。即使你暂时没听懂，
也没关系。因为伟大的莱辛好像说过，
我们的视觉远远优于人的听力。

2017 年 5 月 18 日

艾曼纽·丽娃丛书

维纳斯美容院里，你不是我。

金羊毛还用得着涂色吗？

揪一把，手心里也许会握紧一个眼神，

就仿佛因为广岛之恋，

我，可以活得好像美狄亚

在 2001 年有一个会说汉语的弟弟。

在此之前，阿尔蒂尔·兰波

厌倦了情色疗法；因为

爱，在男人和狗之间，替非洲的沙子

做出了最后的选择。意思就是

我不反对，自由，必须精确到

在太平洋的夜里听不到哭泣。

你就这么想吧：巴黎的意义

什么时候曾输给过时间历险记。

是的。蓝白红重塑了轮回的雕像，

我像疯了的马一样走动——
但不是因为寂寞的心灵，
但也不是因为波浪想隐瞒漂泊；
所以，即使没有骗子托马斯，
也轮不到我远离巴西。

2013 年 1 月 23 日

注：艾曼纽·丽娃（Emmanuelle Riva，1927—2017），法国女演员。

梅丽尔·斯特里普入门

以青春为堤岸，寂静的晨雾
摩挲湿滑的斜坡，直到它狠狠插进
人生的寓言。羞涩的异端啊，
经历了苏菲的选择后，每个旋涡
都奉献过不止一个警句。
迷失在爱河中，至少能让你看清
对岸有没有法国中尉的情人。
另一处，特效来自紫苑草，
盲目的崇拜未必就不能过滤
猎鹿人也曾在黑暗中哭泣。
我几乎爱过在她背后出现的
所有幻象：在核电厂上班的
嗅觉灵敏的女工，撒在廊桥桥头的
爱的骨灰。那意思仿佛是说，
唯有离别，能成就内心的高贵。

再遥远一点，走出非洲之前，

她也曾在新泽西州的萨默塞特宾馆

给人端过盘子。她的微笑

甚至让咖啡也符合过滋味的逻辑。

和我们有关的人生角色，

无论多么复杂，从来就难不住她。

英国人约翰·福尔斯说的没错，

她属于那种"不知来自何处的女人"，

以便我们在麻木的处境中

依然有机会见证到伟大的情感。

2017 年 1 月 10 日

注：

1. 约翰·福尔斯，英国小说家，著有《法国中尉的女人》等多部小说；

2. 本诗中多处语句和意象，诸如紫苑草、猎鹿人等等，均出自梅里尔·斯特里普主演过的电影。

转引自朱塞佩·兰佩杜萨

出生在西西里岛，一战期间，

出于青春的虚荣，穿上帅气的军服，

但没多久就成了匈牙利人的战俘；

幸好，虚构的美人莉海娅

化身自海妖，帮他越狱成功；

从此，炮兵中尉和亲王殿下

雌雄同体在战争的阴影里，

用上好的红酒随时贿赂精神的崩溃；

没落的贵族，没落到哪一步，

也要因人而异；放到他头上，

几乎没什么悬念，阶级的腐朽

已输给了男人的魅力；

正如格雷厄姆·格林感慨的：

确实很浪费时间，没有八百年，

人类学就不可能感觉到

人的灵魂能高贵得如此微妙。

世事的变迁似乎释放出

比过去更多的权力，但贪婪

也更幽深地混进了人性的暧昧；

很讽刺吗？历史的粗俗

毕竟也锻炼了普遍的窒息感；

只有写出伟大的东西

才能抵消幸存美学里的幸存神话。

就像多棱镜，亲王的文字生涯

折射出一个古老的尴尬：

不是所有的哺乳动物都是豹子；

但如果你区别过狮子和鬣狗，

就不该忘记，躺在迷迭香的芬芳中，

眺望海面上的粼粼波光，

意味着你的影子曾中过大奖——

就好像这世界上有过一种永恒

其实和时光的流逝没什么关系。

2001 年 2 月，2007 年 6 月

转引自卡尔·克劳斯

祝贺你，最大的尴尬

已不再是艰难的人世间

你何时会遇到真正的天使。

种种迹象表明：一路向西，

骑青牛的人其实早就下过决心，

绝不留下任何标记，让历史的虚荣

再钻空子。背影之类的东西，

尤其需要警惕，甚至也要留神

辩证法已经上瘾：所谓天使，

就是在你出生之前，有一件

被我们的粗心弄丢的东西

现在就要还给你。美好的拒绝

已无可能；你最好假装

你的个性高于也有一件东西

神圣不可侵犯。真要权衡的话，

生命的美感里就没有什么

是小事。迄今为止，诗作为

例外，仍是最好的缓冲。

毕竟，生活中如果有什么东西太费布，

天使的主要症结就是

太费道德。掷向精神的深渊的骰子

依然没有回声，但至少替代方案

看起来像，抛向云影的硬币

已用坠落在地板的叮当声

给出过一个定性：要是天使

能解决阴影的话，还要猎枪做什么？

受伤的狮子舔着怜悯的补丁，

但你的近视已严重到

人只能看清另一种戏剧性：

人类的末日，已被偷偷塞入的

各种角色充满。隔着垂落的

大幕，也能感觉到有一个舞台，

支撑点已经不稳，摇晃得好像有个盲人

突然尖声叫嚷：不许用沙子嘲笑

鸵鸟有没有睁开眼睛。

2003 年 9 月，2010 年 3 月

转引自贝克莱

乡村少年，但偏僻不是

宿命的理由。以早慧为海绵，

将青春的激情用于

既善解人意也善解天意；

和海子一样，才十九岁，

就已大学毕业。二十五岁，

人类的知识就已被总结成

犹如地形图般的"原理"。

因淳朴而魅力，年纪轻轻就出入

女王的宫廷；性情通透到

只有用天使来称呼

才可以缓解一下无私的钦佩。

偶尔也写诗，就好像妻子也姓弗罗斯特

绝不是偶然的。好论战，

但不是基于天性，而是基于

人的感知力：茫茫宇宙中

我们如何获得一个更深邃的同构性。

物质和精神的对立很可能

永远都只是一种假设；

把贝壳捏在手里，诗歌就得到

一个形状；但如果你的感觉足够精确，

它和贝壳真正的形状就没关系。

笨伯们才爱纠缠物质

到底是不是"我们自己心灵的

假想之物"呢。只要骨头硬，

不怕疼痛，想踢石头，就踢吧。

塞缪尔·约翰逊的反驳

之所以缺乏说服力，不是因为

他脾气暴躁，而是因为他石头踢得

还是太少。和对错无关，

关于人生的意义如何

和人的潜能挂钩，他只是想

为我们提供一个更绝妙的主意：

哪怕你自认为是一个普通人，

也要尽力挖掘生命的潜力，

去体验这个世界究竟有多少东西

是可以被真正感知的。

维特根斯坦后来的建议

其实也是这个意思：凡不能

被语言描述的，就最好保持沉默。

2007 年 4 月，2012 年 2 月

转引自特拉克尔

红日加速坠落，黑暗缓缓升起；
光，突然安静得像
陌生的食物；剥去表皮后，
空虚的显影效果，几乎无可匹敌。

一半是景象，一半是仪式，
突破口的形状像晚霞的喉结；
只取侧面的话，一个忘我，
审慎得就像撕去了阶级标签的魅力。

回到常识，如果这一幕
确实没有被世界的真实性所腐蚀，
只需要一点点对峙，
我就可以走出迷失的神话。

而你，被一个自私的三角形

固定在纯粹的记忆里；

曾经的乐趣已经结成垢痂，

只剩下几个过渡陈列着涣散的气息；

落叶摩擦时间的褶皱，轻微的涟漪

润色魔术的情绪；有些事情

就是无法被消极成小桥上的风景，

记住。人的失败，也是我们的传奇。

2008 年 11 月

转引自勒内·夏尔

如果有美丽的秘密，那便是
容貌能代替形象。不必占有
过多的形象，但只要机遇合适，
一个人就该尽可能多地收藏
世界的容颜。那一刻终将到来——
沉重的棺木会把时间的黑暗
倒扣在鲜花的哭泣中；但你并不像
你想象得那么孤独。记住
你的优势，你有诗人作你的同谋；
在世事诡谲的年代，当尼采判断
"上帝死了"，"未来的生活"
却暴露了一个人可能的新生。
记住，这或许是最隐秘的财富，

你的心灵已富足到有诗人

作你的同谋。阿贝尔·加缪甚至举起过

手中的酒杯赞同：愤怒和神秘，

可作为两种生命的技艺，

以对付普遍的堕落。里尔克

渴望生活，但他迈出的

步子还是有点小：诗是经验，

但必须强调，诗是反驳生活的经验。

警报已经拉响，狼和纳粹

重叠在呲着牙的容貌中；

此时的世界，唯有诗人是孩子。

所有的回声，都是从刑讯室里传出的，

但世界另有真相：就如同

在诗歌面前，死亡也会腐朽。

——纪念勒内·夏尔诞生一百周年

2007 年 6 月

转引自马塞尔·普鲁斯特

观念的敌人。当时光的流逝

飞溅起虚无的浪花时，世界的清单

如果开得过短，反而会强化

没顶的窒息感。所以，有时候，

抉择的严峻性不一定都来自

紧迫性，而是反映了一种自觉，

神秘的主体性更倾向于信任

一个直觉：生活的意义在于

我们可以通过个人的回忆

追踪到人生的隐秘花纹。

涉及如何涉及真相：华灯初上，

街头走过的每个俏佳人

都生动像奥黛特，传言中

富有魅力的原型一直可以回溯到

他外祖父在巴黎的情人。

对人性的同情，不应低于

一个复杂的情况：微妙的讽刺

最能构成道德的悬念。

花园里，孔雀开屏的时候，

突然出现的寂静可以美得

令好听的音乐，也陷入嫉妒心理学。

因此，对我们所置身的囚笼而言，

隐喻是时间的基础：不仅是

语言的基础，也是救赎的基础。

当然，这一切也是有前提的：

不出汗的晦涩，绝对不能要。

在廊檐下躲雨，美人玛丽

为他朗读《威尼斯的石头》——

审美大师，伦敦人约翰·罗斯金

确实没有辜负一个秘密，究竟是谁

赋予了我们双重的眼光；

以至于共鸣的间歇，即使斯万

没有被创造出来，也会存在着

一个伟大的人物，比罗斯金本人

更了解罗斯金的真实意图。

激情是有味道的，独特的芳香

飘过山楂树构成的篱笆，直到我们

看清一个事实："真正的死亡"

是爱在我们中间丧失了记忆。

隐秘的激进派：巴尔扎克之后，

如果小说无法向活着的人

灌输这样的思想，每个人都是

他自己的生活中的天才，

小说就没有必要存在。所以，

写作的意义在于，每个人

都潜在地构成了时间的深度。

不妨试一试大声叫喊：幻觉万岁！

反过来的话，你会发现

生活中，几乎所有的死结

都是可用视野的重建来解决的。

——赠郁文

2011 年 7 月，2021 年 7 月

转引自埃兹拉·庞德

兰波之后，没有人

比他更热衷于向迷惘的同行

传授新的技艺。威廉·卡洛斯·威廉斯

对此有过清醒的认识：

没见过庞德，就不会知道

纪元前和纪元后的差别，

对新诗意味着什么。

而他的眼光也一向很准：

没错看弗罗斯特的土气，

也没被乔伊斯的傲慢所蒙蔽。

甚至在挑选心爱的人方面，

他的眼光也很老练；爱上过

教授的女儿，并将她

从小旅馆的大床上推向了

意象派的宝座：天才的女诗人，

仅署名H. D.。甚至在嘈杂的

地铁车站，不断闪过的

美丽的面孔也没能干扰他的捕捉：

人之树上，幽灵已输给

黝黑而潮湿的花瓣。

他身上的波希米亚气息

常常被误解，但真正的行家

自然也会识货。仅仅接触过几次，

伟大的叶芝就从他的美国腔里

感受到了新的突破口：

必须过口语这一关；

必须用更大胆的眼睛，直面新的动静，

诗的语言不仅在呼吸我们，

它自身也在不停地跳舞。

为什么精确如此重要，

因为精确是语言的拳击手套；

风格就是速度。再过几年，

俄国那帮爱出风头的未来主义者

会对此做出完美的反应。

从精通诗中的散文性入手，

以回应时代的挑战。诗的散文性

即现代的想象力，接受起来

有那么难吗？年轻的美人法尔

带他去艾菲尔铁塔餐馆见 T. E. 休姆，

两人气味相投：从今以后，诗没有素材，

诗，只有等待处理的"事物"。

所有的节奏都必须让位于直接性。

更重要的，所有的末日论

都是小题大做。诗人的声音中

必须有一只吹响的号角，

它直接导致两种状况：

要么像俄国佬曼杰施塔姆说的，

黄金在天上舞蹈；

要么像惠特曼展示的，

诗人的肺活量必须像一股强劲的气旋

来自"岩石内部深空的洞穴"。

对高利贷的痛恨，其实也是

这号角的一部分。但由于运气不佳，

这种痛恨，从文明的指南

迅速滑向失控的立场，以至于

这巨大的错误只能靠

比萨烈日下的露天囚笼去纠正。

2006 年 10 月

转引自赫拉尔多·迭戈

非常奇妙，这一幕

确实不常见：将命运女神催眠后，

颜色比开屏的孔雀

还丰富的鱼，突然摆脱了

大小，求偶般游向

裸体的结晶。你不会猜到

动情的躯体在受到

启发后，纠正了多少真实性。

不必羞涩，因为此时，没有人

会注意到你的舌头

也曾是一条颜色鲜艳的鱼

拼命游向世界的窄门。

这种事情上，方向有没有弄反，

非常重要。毕竟，美和真理

都想先于对方，在生命的游戏中

将我们逼进死角；在那里，

你和你的影子都不会想到

每杀死一个魔鬼，

天使的面目也会跟着模糊；

整个现场，只有雨似乎看懂了

花朵的决心，从未犯过一次错。

2002 年 4 月

转引自希罗多德

关于永生，最开始
鸟类比我们更关心它的
现实性。在它们浩渺的感觉中，
死亡的临界点定于
每五百年会有一次新生；
于是，一只大鸟出现虔诚的想象中，
直至不朽的焦虑得以超越
灵魂的争吵，超越地域的界限，
集中于一个纯粹的体会：
永生不是对死亡的克服，
更非绝缘于死亡，而是对死亡的治愈，
是一个生灵敢于朝向死亡，
在火的影子里不断死去又不断复活。
想想看，一只大鸟对五百年的

时间界限，都有如此清醒的觉察，

人的羞耻感难道不更有潜力吗？

一个更现成的羞耻的例子是，

为了减少不必要的麻烦，菲尼克斯

最好有一个外号叫凤凰。

都是不死鸟。关于它的模样，

精通历史故事的希罗多德

却并不打算讨好历史的企图；

难得他如此坦率：自赫西俄德之后，

没有人见过不死鸟的真容，

但它的外形很难和巨鹰

脱得了干系；而且很显然，

它的羽毛，主要应以金色为主，

以便人类对黄金的虚荣心

随时都能得到醒目的烘托。

相形之下，人的死亡临界点

只有一百年；且整个过程中，

大部分时间已被恐惧所腐蚀。

即使偶尔意识到语言带来了

一种飞翔，但已经沉溺于

怀疑论的我们，实际上

已很难自觉于这样的事实：

我们的翅膀只能是人的语言。

2009 年 4 月

读仓央嘉措丛书

小时候在四川偏僻的集市上

见过的藏族女孩，在你的诗中

已长大成美丽的女人。

你写诗，就好像世界拿她们没办法。

或者，你写诗，就好像时间拿她们没别的办法。

假如你不写诗，你就无法从你身上

辨认出那个最大的雪域之王。

美丽的女人当然是神，

不这么起点，我们怎么会很源泉。

这不同于无神论冒不冒傻气。

她们是她们自己的神，但她们不知道。

或者，她们是她们自己的神

但远不如她们是我们的神。

1987，失恋如同雪崩，我 23 岁时

你也 23 岁，区别仅仅在于

我幸存着，而你已被谋杀。

且我们之间还隔着两个百年孤独。

多年来，我接触你的方式

就好像我正沿着你的诗歌时间

悄悄地返回我自己。1989，我 25 岁时

你 22 岁，红教的影子比拉萨郊区的湖水还蓝。

1996，我 32 岁时你 19 岁，

心声怎么可能只独立于巍巍雪山。

2005，我 41 岁时你 17 岁；

一旦反骨和珍珠并列，月亮

便是我们想进入的任何地方的后门。

2014，我 50 岁时你 15 岁；

就这样，你的矛盾，剥去年轻的壳后

怎么可能会仅仅是我的秘密。

                                        2014 年 2 月

咏荆轲

——为 1991 年秋天的死亡和梦想而作，或
　　纪念戈麦

油灯昏暗，苍蝇如同篆字

钉在发呆的食物上，纹丝不动

这时来了一些人，开始在下等酒肆里寻找

改变历史方向的因素

酒碗里浓烈的镜子又一次消失

黑暗在飘飞，像他们身后的雪花

对未来的恐惧使他们茁壮成长

但那一天，我麻木的舌头始终未能捕捉到

这漂亮的祝酒辞。黑暗在飘飞

长久地走路，突然驻足：

这之间如果有什么差别，那必定是

颤栗像一道油漆，深入浅出地刷在

他们僵硬的脸上，此刻我已醉眼朦胧
昨夜的房事在我的右颅内造成
异样的搐痛。多解风情的幽燕女子
我想我差不多已找到了亡国的根源

平生第一次，在下等酒馆里
他们遭遇严肃的问题。我也是如此
永恒的愤怒像丛生的皮癣
爬满就义者临终的遗言：噢，一切都提前了

如果人们以梦到死亡的次数
来推选国王的话，我当之无愧
我的灵魂喜欢说：不！从我嘴里说出的
这个字几乎可以排列到天边

也许我有点自负，我的使命
就是把被怀疑的一切压缩成可爱的深渊
的确，舞刀弄剑使我对人生有了不同的感觉
我已习惯于让历史尊重那致命的一击

但我更为倾心的不是血能染红什么

而是在宁静的夜晚：眨动的星光

神秘的迹象，为茅屋里飘摇的烛火所怀念

我为不止我一个人有这样的想法而举杯

黑暗在飘飞：这个冬天唯一的

一场大雪正被急着运往春暖花开

加工成耕田人的希望。而像我这样的酗酒者

则会紧锁眉头，幻想着怎样把人的一生

焊入壮丽的瞬间。借着酒劲

我察觉到有人喜欢黑，有人酷爱白

还有人迷恋聪明、诚实的百分比

流言和谎言像两头石狮，守卫人性的拱门

岁月流逝，直指苍穹，时间之树令人晕眩

镜子的深处：光阴的叶子纷纷飘落

却没有一片想到要遮住我的冲动

难道我的剑影像一道历史的皱纹

我暗恋着不朽；并知道选择的奥秘

只涉及有和无，而同多与少无关

我承认我一生最大的过错在于

对青春，这唯一的知识，忍不住说过"再来一回"

就像那些动的女子在黑暗中对我所说的

黑暗在飘飞：仰望星空从不会

让我萌生从上面掉下来的念头。唯有奇思妙想

使我的武艺出神入化。但即便如此

出生入死也不是我的本意

死太像一种拯救，太像是必要的善

当人类的权势频繁代替命运的力量

把它赐给我们大家时：我的厌恶重复人的觉悟

我不记得他们是如何把我弄出酒馆的

那位英俊的太子的请求并不诱人

我之所以答应，完全是考虑到不能

让平庸来玷污这样一次用剑安慰历史的机会

尽人皆知的结局并不令我难堪

或许我临死前与嬴政的对话曾让历史失色

带着嘲弄的口吻，秦王说："谢谢你的剑术。"

"不，"我纠正道，"还是感谢我的灵魂吧。"

1991 年 11 月

卷　三

春泥入门

它低于争艳的风景，

低于梅花比桃花

更委婉一个精神的疗效；

它甚至低于蜜蜂

像春风中身着豹皮的小修理工；

它低于蝴蝶的空气分类学，

低于花枝的影子，

低于一个怜悯

已在我们的目光中丧失了

对恰当的把握。

当踏青的游人散去，

它低于凋零多于飘落，

低于只要涉及归宿

就会触碰到世界的底限；

它甚至低于你很少会意识到

你的鞋底正践踏在

一张越来越模糊的脸上。

2018 年 4 月 11 日

我的蚂蚁兄弟入门

我穿过的黑衣服中
凡颜色最生动的地方
无不缀有你小小的身影。
黑丝绸的叹息，始终埋伏在
那隐秘的缝合部。任何时候
都不缺乏献给硬骨头的
柔软的黑面纱。来到梦境时，
黑肌肉堵着发达的
爱的星空。甚至连横着的心
都没有想到最后的出口
竟如此原始。我不知道我
是否应该表达一点歉意，
因为长久以来，我对你
一直怀有不健康的想法——
我想跨越我们的鸿沟，

陌生地，突然地，毫无来由地，
公开地，称你为我的兄弟。
身边，春风的淘汰率很高，
理想的观摩对象已所剩无几；
而你身上仿佛有种东西，
比幽灵更黑；一年到头，
几乎没有一天不在排练
人生的缩影。你的顽强
甚至黑到令可怕的幽灵
也感到了那无名的失落。
有些花瓣已开始零落，
但四月的大地看上去仍像
巨大的乳房。你是盲目的，
并因盲目而接近一种目的：
移动时，你像文字的黑色断肢，
将天书完成在我的脚下。

2016 年 4 月 17 日

夜班， 或伟大的小说入门

——仿刘立杆

星星就像铆钉，反射的光

令生活走神；无论醒着，

还是梦见兔子，寂静的夜

都是美好的礼物：但生活的意义

并不都来自生活的风景。

更多的时候，我们紧挨着风景，

却是风景的例外。譬如，此刻，

整个苍穹被漆黑的房梁又抬高了半米，

刚下夜班的塞林格却不满意——

他让摩西转世，并高声叫喊：

伙计们，把房梁抬得再高一点。

好吧。被迫辞去小镇邮政所长后，

放浪的福克纳也认真学过

一些木匠手艺，从更换纱窗

到加固篱墙，甚至小小的成就

就来自管道终于被妙手疏通；

但说起来，像喝酒一样过瘾的，

还得数爬到高处，去修房梁。

甚至一点都不夸张，要理解起舞的地狱，

就必须爬上圣殿的房梁，但除了

朝下看，还得学会闭上眼睛

看清一个事实：人只能往前走，

生活的神话才会继续下去。

如果克尔恺郭尔不是丹麦人，

他会抄起玉米棒子搞清一个道理：

婚姻有时也很像一根房梁。

矛盾到把自己喝死，康普生先生

就是这么干的。但他有点不甘心

连基督都是那样被钉死在

风干的木头上的。单身生活

即将结束之前，作为和酒鬼自我决裂的

一个赌注：他派遣准新郎

去发电厂值夜班，并在目不识丁的

黑人同事的注视下，用三个月

就写完了伟大的小说《我弥留之际》。

2019 年 1 月 11 日

浸于火入门

黑暗与光明的较量
在它的门槛上跌碎了
真理的下巴。刀尖已被舔过,
小丑们的血据说不会白流。

退回到脆弱的平衡,
水骄傲于起源,火神圣于智慧
可以捋成浓密的胡子;
至于两者是否相容,柏拉图

也曾有点犹豫,要不要跟
意义如此贫乏的世界
再兜几个圈子,以便鸽子的美
可以彻底绝缘于烤肉的香味。

真正的记忆必须能回溯到

曾经的绝境：身体如何微妙地

有别于肉体，的确支撑过

一阵精神的挣扎，但仍不足以保证

你就可以精通灵与肉的奥秘

会如何取舍我们的变形记。

不赌唯一的话，你敢将你全部的起源，

慢慢浸透在火的眼泪中吗？

2017 年 5 月，2019 年 9 月。

月亮疗法入门

大海已将世界的化身泡得软软的，

就好像一件黝黑的玩具

终于触底，并开始在最上面，

特别是朝着我们的那一面，

泛出一片波光，足以和银白的情绪媲美；

甚至连幽灵也很少会缺席，

所以，新的对称性最好起源于

你的心境很心经；意思就是

危险的树枝已延伸成梯子，但只要踩稳了，

你就可以提前将云影

像朦胧的伤口一样包扎好；

甚至只要光滑度还说得过去，

哪怕重一点，也不怕它

会突然坠落，砸坏天鹅的脚趾；

抱得再讲究点方式的话，

它就是已睁开眼睛的玉兔。

如果希望可用来打赌，

宇宙的脸，就没有比它最新的。

甚至连冲着它嚎叫的黑狼，也已认出

它的浑圆，是慢慢旋转的岩石舌头；

诊断书长得像美人的袖子，

但只要风一吹，也依旧可以

被你的手攥得紧紧的。

2019 年 9 月 中秋节

北方启示录入门

光秃秃的，因为落叶的缘故，
冬天的枝条总比夏天的枝条惹眼——
它们醒目得随时都像一截粗暴的器官
愤怒地戳向空气的舌头。

寒冷带来的变化，与其说缩短了
自然和真相之间的距离，不如说
更像是对我们还没来得及适应的
人生场景的一种角色的背叛。

降温之后，冷风如刀刃蹭着
皲裂的树皮；如果还有树叶
残留在干硬的枝杈上，你会觉得
大地的仁慈中又混进了几枚假象。

很多时候，聆听不如偷听——
山喜鹊的脆叫格外悦耳：用卡拉扬的指挥棒
反复拍打魔鬼的屁股，或时间的封条，
也没法和这激越的鹊鸣相比。

或许你猜得不错，山喜鹊的呼唤
之所以生动，显然和这些冬天的树枝
提供的慷慨的支撑有关；你甚至也曾
伸出长臂，握紧它们植物的信念

从引体向上中，调试你自己的歌喉。
而此时，目击的效果更直观：
没有了树叶的遮挡，更多的阳光
尽情倾洒在沉静的枝条上——

这也是一种变化，值得从悲伤的角度
多强调几遍：即那些曾照射在
茂密的树叶上的夏日的阳光，
此刻，全都倾泻在了冬天的枝条上。

————赠梁晓明

2019 年 1 月 17 日

就没见过这么圆的灵药入门

专有的感叹。你我之间
曾几何时可曾圆满于
哈密瓜很好吃。手指上全是
黏黏的蜜液。但我们知道
在清洗之前，我能用痒痒的甜指头
做成好几个比原型还圆形。
凡空心，凡需要填补的，
就交给神秘的主动吧。砍树的人，
一拍肩膀，就比吴刚还像后羿。
而流下的汗，稍一涂抹，
悬挂的月亮便会暴露
整个宇宙的秘密器官；甚至你的
孤独的钟也在里面微微发亮。
多么值得庆幸，我的灵药
既不是我，也不是你。

而你的美，仿佛可以令碧海青天

再一次领教嫦娥的动机。

其实被偷过一遍之后，这世界上

还有好多更好的灵药呢。

我祈祷，你依然有胆量返回现场，

并甘愿忍受人类的无知，

将它又一次带向皎洁的戏剧性。

　　　　　　　2016 年 9 月 15 日中秋节，成都

非常偏方简史

人类必须是让不朽的灵魂筛过的东西。

——赫尔曼·麦尔维尔

就像从宇宙的隐私中抠出了
一枚金币，不及时
去味的话，发疯的月亮
会在今晚带来一次彻底的治疗。

从症状上看，灵与肉的冲突
早已落后于你的矛盾。
而浑圆本身一旦被悬置，
就意味着说服力已经发黄。

有谁见过眼泪的剪影
像秋天的峭壁？或者再远一点，

放飞的尽头，闪烁的星星就像发亮的
种子即将被一个错误磨成粉末。

好在掷出的骰子终于有了回声，
偏北风开始奏乐。落叶纷纷，
塞窣你有过一个精神的反差，
不亚于夜色已被冻成无边的黑冰。

2020 年 10 月 17 日

深居简史

当命运的车轮转过整整一圈······

——尼采

阵阵秋风如城门已破，

而诗的敌人并未长出新的獠牙；

凌乱的茅草凌厉在

轻微的迹象和背光的征兆之间，

反衬蛇影的跳跃越来越频繁；

粘着血污，散落的羽毛

勾勒着一次漂亮的逃逸。

最艰难的，心灵的选择

其实并未给心灵的起伏

留下充分的迂回。深邃比深远，

哪一个更缓冲？深渊里

怎么会有答案。好在暗号照旧，
人的简朴中始终藏有
人的最好的防御术。

我仿佛只抵达过一次；
难忘的经历，烂漫的余晖
像一次重彩的涂抹，引诱着
我的记忆应该能重现
我做过的所有的梦。我的女儿
走在我的前头，美如盛开的桃花
并不限于转世即将到来；

我的儿子紧跟在我的身后，放松如
虎头并不一定长在虎身上；
不管怎样，人的深浅构成了
崎岖的乐趣。而我的回归并非要
满足全部的真实；更有可能，
我出没的次数并不少于麻雀们
曾在那屋檐下反复筑巢。

外观虽然简陋，但我的取舍

已堪比一次神秘的取悦；

我甚至不需要堵住它所有的裂缝；

只要在那里站过，从它的窗口

向外眺看过世界的风景，

就可以知道：它婉转过万水千山，

而且从未低估过人世的险恶。

2011 年 10 月，2015 年 9 月，2021 年 1 月

以雪为窗简史

以雪为门不如

以雪为窗，无尽的白光

渐渐渗入静脉之歌。

生命之花的反面，寒风反而

保守得像作废的声明。

如果命运女神不介意，我赞同波斯人

鲁米的提议："我既不是灵魂

也不是肉体。"尤其是此刻，

视线里闪亮的钩子

都已被摘除；凛冽的问候

从休眠的银杏树上

轻轻刮着只有冻裂的树皮

才能看清的中奖号码。

何须再多问，自然的冷静中

诗人的份额已相当可观；

如果再加上，眼前的空寂，

世界的真相显然已被击败。

——赠陈先发

2022 年 1 月 23 日

冬天的判断协会

乌鸦飞过，寒流的征兆

被这些小黑点从灰蒙蒙的半空

夸大到冬天的童话里。

再多的现实凹陷，也不如山洞典型。

山洞里如果没睡着一头棕熊，

北方的梦就会失去真实的轮廓。

蛰伏期的姿态不需要同情，

但可以重新归类：譬如，

缺少树叶的装饰，赤裸的树枝

看起来凌乱，却不乏偏僻的美。

此外，仅仅偶然的分辨

就已明显超越主客观的界限：

树木的耐心，从你的侧影中

勾勒出一个陌生的天才。

借他的鼻子闻一闻吧。空气里
到处散发着蛇的冬眠味道。

2004 年 1 月，2007 年 12 月

如果是青铜

——仿保尔·瓦雷里

青春的长矛将会被埋没，

影子之歌将会从摇晃的草叶上

找到神秘的安慰，直到你

已精通将勇敢变成灵感，

去面对下一轮更可疑的试探——

所有的迷途都不过是假象；

沉重感将被泥土的矛盾替代，

无边的黑暗，会把它自己扩展成

一件比死亡还平静的礼物，

等待你去领取。免费，但不妨

问一问：你是谁？如果用错了镜子，

在你面前，我又会是谁？

如果区分了大小之后，逻辑中

依然存在着遥远的爱，不透明

却包含着湿漉漉的线索……
小号将生锈，美丽的图案
将考验另一双陌生的眼睛，
直到琴声酝酿出更迷人的身体，
去突破时间对我们的禁锢。

1995 年 9 月，1998 年 12 月

冷雨协会

不知从什么时候起，下在外面的是它，
下在里面的，也是它。
不成比例，但共鸣的真实性
仿佛可以克服人曾利用孤独感
一味地对宇宙撒娇。

再深入一步。弥漫在单调的弥漫中，
一个气氛，沿着我是你的边界，
取代了时间的外壳；
最深的记忆，已被浸润成
新鲜的情绪。季节的情绪。

在真相里减去一个零，
世界的形状会慢慢形成在
安静的聆听中：无边的，生与死

听上去都很浅；暴露在姿势的
调整中的，甚至更浅。

回到具象性，下在橘黄的树叶上时，
它听起来就好像生活的轮廓
已搁浅在它的声音里；
而渗透的秩序，会突破黑暗的限制，
将哀歌埋进泥土的节奏。

或者干脆回到另一种清晰中：
下在石头上的，已和又湿又滑无关。
只有下在你身上时，它才很冷；
就好像如果有别的选择，
它绝不会把自己下错地方。

2011 年 10 月，2012 年 10 月

缓慢的折叠，或 1998 年秋天的反自画像

莎士比亚已学会放弃；

很久以后，原因在你身上开始发酵。

味道被黝黑的栅栏稀释后，

你猛然意识到：原来

暴雨中并无眼泪值得同情。

于是缓慢的折叠如同

一个仪式，发生在心形中；

一个黑影也在那里发酵成

乌鸦对着月亮唱歌。

聆听的尽头，爱的流淌

汇入大地的冲洗；

落差形成后，人的孤独

在你的回音依然

微弱于命运的回声时，
已变成一座沉默的悬崖。

而一旦陷入沉默，
风吹蝴蝶的暗示，就好像
一阵无主的兜售，无助于
你身上尽管金光闪闪，
口袋里却没有一粒金子。

向远处看，眺望也近乎
一场盛大的稀释：
并非落难的年代，草木的颜色
却试图从你的角度
唤醒一个古老的记忆。

1998 年 10 月

鹅卵石广场

——仿伊塔洛·卡尔维诺

从这一头到那一头，

往昔显得如此遥远的，彼岸和此岸的

距离，已在它们紧密的依偎中

被大幅缩短；所有的顶撞

都归于寂静很团结，就好像

随着角度的不同，每天都会有

一个为你准备的奇迹。

说起来，对着深奥吹泡沫，

也很牵扯深意。至少工作的间歇，

一抬头，沿蝴蝶的翻飞，

一片普通的落叶也可以是旋转在

北方和时间之间的一个奇迹。

冲刷来自雨水时，自然的圆滑

暴露在生活的迟钝中，

彼此的光洁，对我们的羞耻感

构成了一次启发；触感如此轻微，

所以即使伤到人，也不会造成失眠。

埋没的那一面，大地的呼吸

会继续用泥土切磋它们

可爱的小腹；朝向蓝天的那一面，

阳光的注射始终介于寓言

和现实之间。禁令合乎

阴影的道德。硬性的规定

只有一条：如果要穿过广场，

请像脱掉所有衣服那样，脱掉你的鞋；

然后用手拎它们，赤脚踏在

光滑的石头上，继续你要走的路。

2000 年 9 月，2004 年 4 月

苍白的火焰

——仿李贺

皎洁很陈腐，但新鲜的满月
的确堵住了一次心跳。

回声开始另寻出口；
就像和完美主义者做过妥协似的，
兔子的紫色灵感来自
星星之间的缝隙；并且
每跳跃一下，巨石的脚尖
都会踩到一根火柴。

这不是神话，但此类否认
很快便会熄灭在蠕动的深渊中。
此时，如果你伸出手臂，
白皙的臂展将构成

蠕动的深渊的一截边框。

很短，但那样的触碰也很真实。

混合着警告，原始的暗示

渐渐集中于你身上有一件东西

仿佛只能适应苍白的火焰。

有何灼热之美可言！无边的黑暗

不过是它的处方药，

每天都会按时舔下一小片。

很苍白，但那样的安静是神圣的。

也只有那样的安静，才会冲着

你最隐秘的感觉发光；

更深的礼物，则有待发掘，

就好像你身上有它需要的水，

飞瀑，或激流，总之，

汹涌也可以很皎洁；

在此之前，它的化身还从未被认出过。

2001 年 3 月，2017 年 1 月

火鸟日记

……静坐眺望，仿佛置身于无限的空间。

——莱奥帕尔迪

传说中，它因为吞进过

太多玫瑰的灰烬，而成为

一只迷鸟；景色的传递

不再有清晰的方向，月光中的磁场

也早已在耸立的高压塔中

失去了神秘的发光体。

活泼依旧，却深陷在消极的碰撞中；

鸟类的警觉之外，所有的饥饿

都很业余；只要有机会，

它也尝试吞食蜗牛或甲虫，

但那些低等的触须，对它已不起作用。

渐渐的，巨大的天象已沦为

一种过去的记忆，僵硬在

沼泽的气味中。太阳升起后，

更多的眼睛，像锯短的枪口一样，

瞄准它的影子。朝我们这边目测过

风速的大小后，青春的崎岖里

仿佛有未曾试过的运气：

凭直觉，应该有好多爱的角落，

可以供它避开窥视的欲望。

从那一刻开始，古老的敌意

意味着它必须尽快适应

我们的适应性从未真正完成过。

燃烧的羽毛，与其说是

它的法宝，不如说是

我们的法宝。并且很明显，

沿着我们吃惊的目光，

它已在我们身上找到了

隐蔽的喷水孔。降温开始后，

只要时间并未完全破碎，

它也会是我们之间唯一的信使。

1997 年 7 月，2001 年 2 月

注：题记引自意大利诗人贾柯默·莱奥帕尔迪（1798—1837）的诗《无限》。

内部穿孔

也许到头来，光只是另一种暴政。

——卡瓦菲斯

碰撞的声响应该来自附近，

有挣扎在无形中的金杯；

一小口思想的飓风，

味道倒是没输给藿香的嫩叶；

定睛之际，五月最佳的光照

仿佛可以不必依赖整个春天的记忆

就能比较出来。漂泊与停留

落实着最可爱的空白；

再往前，灵魂的档案深处，

陌生的尝试构成

巨人传的投影；在你身上

已体现出来的，绝不比

手里抓着鳟鱼的棕熊

更偏离自然的选择。

安静下来后，金牛座跷跷板

倾斜在变形记的孤独中；

分歧来自灵与肉的色差

在不同的爱人身上，简直没法比较。

在宇宙的寂寞面前，你合格吗？

或者，在细雨的喜悦面前，

你身上的我，合格吗？

如此，虽然看不见它们的大小，

但可以感觉到，每一个穿孔

都有自己的尊严，一点也不亚于

我们都没见识过真正的黑洞。

1998 年 5 月，2003 年 4 月

注：题记引自希腊诗人卡瓦菲斯的诗《窗户》。

虎头月亮
——仿阿波利奈尔

一开始，仿佛有很多的理由

和不同的角度，令它看起来

并不那么严丝合缝：

总能找到破绽，引用荷马也没用；

尤其是，虎头中间的

浓重的黑条纹，很难被淡化；

而月亮的眉心始终偏爱

苍白的火焰，精确得犹如

无名的恐惧反而将我们

推向了一个美德；虽说惯性

也没能持续得更久。

镜子，被局外人用过，

竟然就涉及不贞洁；

诸如此类的袖珍风暴

令艰难的生活充满了碎片。

即使有严肃的游戏

给宇宙的悲伤开过小灶，

也效果有限。最终，它是否成立，

不是依据常识的妥协，

而是依赖于你伤口的形状，

非常吻合它的悬挂感：就好像

黑暗深处，如此浑圆的

时间的创可贴，即便贴在

遥远的未来，也可以神秘地止血。

1999 年 8 月

篝火协会

仿佛可以这样整理

空虚的生活对记忆的压迫：

浩瀚的星空下，只剩下那堆篝火

不曾熄灭，一直试图用闪烁的

火的手指，从原始的黑暗中

勾勒出你的剪影。五百年过去，

前生的桃花飘香，后世的雪山光芒

耀眼，比孤独更巍峨

一个人的纯洁；世界的迷宫

突然裂开了一口子，只需向前

跨出几步，就能触摸到

那堆篝火正在用乌黑的睡眠

等待着你的脚步。要怎么比较，

我们最后的得失才会进入

宇宙的谅解：当世界只剩下

那堆篝火恰巧等于

你突然醒来，也只剩下那堆篝火。

美妙的温暖来自火焰的精确，

仿佛可以这样重温那神秘的安慰：

有篝火的夜晚才意味着

时间真正接纳过我们。

2002 年 5 月

咖喱粉丛书

现实感强烈到一定程度后，
它才会进入你的视野。

颜色深黄的小东西，猫闻过之后
会摇头，尾巴会耷下来；
退到一米开外，确认那样的距离
足以给足彼此的面子后，
它会用美洲狮般的异样眼神，
审视你和它之间的关系
是否受到了蛇发魔女的挑拨；
从未闻过的味道，竟会刺鼻得像
老鼠药的配方出了问题；
对主人的信任竟会被
你和你的重影滥用，而且动机
不纯到并非出于纯粹的好奇；

也难怪，时隔一百多年，

它怎么会知道约翰内斯堡的黑牢

是什么样子。据说，圣雄甘地

曾在里面要求肤色暧昧的狱卒

给他的落日晚餐配一小勺咖喱粉——

最普通的那种，就可以，

但得到的回复是：人到这里

不是来满足他的味觉的。

真相很严峻。甚至波及语言中的

咖喱粉尽管已撕去标签，

看起来很无色，但味道是否刺鼻

绝不可以含糊；否则，

你就对不起安静的诗中

曾有过一只鼻子很灵的好猫。

2009 年 5 月

新简历

被雨水模糊的，不止是记忆和倒影，
还有棕红的闹钟和坏脾气的时间。
逆时针心经，鸟鸣的弹跳力
拨弄云影的小是非。短暂的静寂
才纯粹眼神里有没有真意呢。

心潮亦可淘沙。点点滴滴围绕着
爱的痛苦比我们更天才，
却放任疗效不见得就可靠。
以至于多数时候，喝酒才喝到一半，
忍耐就比面对更残酷。

发生过的事情像沉船，
将人生如梦变成幽深的海底。
水月才不在乎世界的轮廓结不结实呢。

你跳下舞台就好像那块岩石
本来就比法国梧桐还矮。

被晕眩模糊的，不止是誓言和心跳，
还有红叶和荷花，南方和北方；
即使从老虎身上借来一颗野心，
你也无法解释爱的失败中
为什么会有那么多巧合。

生命的幽暗已将全部的黑暗
稀释在海边，还不够巧合吗？
底片尚未冲洗，岸边，长笛的独奏
已经开始，听上去就像有人用一根吸管
把火星吸进了你的新简历。

2002 年 11 月，2003 年 4 月

越位

红玫瑰已越位：蓝的和白的
也都一样。但我们现在
要讨论的：不是吹哨人
是不是还在做梦，而是
那罕见的情形里，滚动的火球
和巨人的影子已完全脱节；
风之刃割着雾的耳朵，
受伤的，是折叠过的
又铺展开的，云海的沉默。
滴落的任何颗粒，最后都会
涌入汹涌的记忆。
突破口已经弯曲，冒着只有
睡着的黑铁才会发出的
嘶嘶的热气。间隔来自闪电，
跌落之后，每个脚印，

都会踩得老虎的摇篮吱嘎作响。

没错。想听音乐的话，漏洞的声音

确实比以前想象得要好听。

1998 年 3 月，2001 年 2 月

卷　四

敬亭山入门

最好的旅行仿佛总和

逆水的感觉相关。无形的码头

逼真于鸟鸣越来越密集。

车门打开时，我们像是

从摇晃的船舱里跳出来的。

密封的时间刹那间充满了

蜜蜂的叮咛。这一跳，

一千年的时光制造的隔阂

柔软成清晰的鞋印；这一跳，

也跳出了人心和诗心其实

从来就差别不大；自然的环抱

绝不只是贴切于自然很母亲；

一旦进展到两不厌，密林的友谊

依然显得很年轻。这一跳，

也区分了悠悠和幽幽

哪一个更偏方：一旦入眼，

任何时候，翠绿都比缥缈更守时。

回首很随意，但水面的平静

却源于存在的真相从来

就不比竹林的倒影更复杂。

要么就是，比水更深的生活

是对世界的一种误导。

拾级而上，凤凰才不悬念呢。

因为杜鹃如此醒目，所以我猜想

山不在高的本意：假如从未有过神仙，

我们怎么会流出这么多的汗。

——赠吴少东

2018 年 9 月 19 日

白马寺入门

半雾半霾。但好像被雾霾埋过
一千遍，也不能算是半死。
刚刚下过的秋雨按下
银亮的弹簧，女贞的树叶
清洗好小小的笛子；而报应
已堕落成游戏，神秘得
就好像流向洛神的回水
能让牛生出比马还漂亮的骆驼。

都提到嗓子眼了，所以
天禅只好迁就天机；稍稍偏心
人间一点，桂花的秋香
便浓烈得如同一张收紧的网
将你裹紧在无神论的漏洞中。
就自我改造而言，意志越孤独，

越好使；但其实，私下的虔敬
能带来更多，也更友好的启示。

鸽子盘旋时，狮窟陌生一块匾额。
忽然间，我意识到我浪费过的
最多的东西就是：我是猫
即我是你。拐角处，假牡丹人工
每朵真牡丹不仅不过瘾，
还不讨巧风俗的虚荣。
不过一圈走下来，客观地讲，
几尊石马确实比白马的替身

更过硬，完全经受住了
风雨的撒娇史。请想象
在历史的困境中有过一件东西，
它曾帮助时间克服时间——
骑上它之前，你是一个人，
骑过它之后，你是另一个人。
没错，大多数场合中确实
没几个人能认出这前后的变化。

2016 年 9 月 28 日

注：白马寺位于河南省洛阳市东 12 公里，始建于东汉，中国佛教的发源地。

郎木寺入门

滴翠的深山提携的
明明是溪流，但一眨眼，
却变身为醒目的白龙江。
从甘肃到四川有多远，
只需从小桥上迈出一只脚，
就能知道过去的底细在哪儿。
更称奇的，明明远离大海，
却能频频看见一群海鸥
现身于湍急的浪花，比野鸭
更懂得如何吸引我们的目光。
用溪水泡过的茶叶里翻滚着
江水的味道；一抬眼，
一只金鹿已跃上庙宇的屋脊，
在高原的阳光中，总结着
安静的时间。一切都逃不过

因偏僻而美丽，而我不可能不感觉到
陌生的心动；就好像半小时后
当地人告诉我，按地名的本意，
这里也曾是老虎的故乡。

2016 年 7 月 13 日

注：郎木寺位于甘肃省甘南藏族自治州碌曲县。

钩弋夫人墓前

手里握着出汗的玉钩时，
她的美就已非常深奥，
甚至深过最高权力的
最幽暗的子宫。从那时起，
不论角色如何精心，
命运都不过是插曲。
受过宠，她是武帝的插曲；
宫殿越大，春药挥发得越快。
一旦厌倦，甚至刘彻自己
都意识不到，他其实
也是这美人的插曲。
不曲折，怎么对得起
可怕的美在男人的爱欲中
投下的恐惧的阴影。
表面上，她死于人心

已被绝对的权力所败坏。
风情的极致，恐惧已是
权力的另一种春药。
甚至没有什么悲剧能配得上
她的无辜，爱过她的男人
假如不变成一只老虎，
历史就不可能及格。
她的美，注定是精明的——
从一开始，就不属于
她娇娆的身体；合理的推测
似乎是，垂帘的尽头，
她的美也是一个历史事件，
始终以她的身体为现场。
毕竟，那向她展开的怀抱
是晕眩的原野，也是
苍莽的北山。即便是现在，
我们愿意介入，它也依然是
一个无法克服的假象。

2016 年 5 月 6 日

过五峰书院

突然之间，时光的流逝
以我们为突破口，凶猛地涌向
看不见的缝隙；天生的石洞
嵌入宇宙的道具，一个祭台则高出
它自己曾有过的熊熊烽火，
从起伏的山形中凸显出来，
踮向蔚蓝的芭蕾脚尖。

清秀的竹林比邻人伦的极限，
高耸的香樟密布天理的浓阴；
唯有内心的峥嵘低调于
人欲的矛盾几乎不可信。
开眼如何类比开耳？龙湫瀑布的
咏叹调里仿佛有两颗玉珠——
要是喜欢的话，你随时可以带走。

盘旋的鹰隼，也盘旋

一个平时很难看到的深意；

直到那深意将时间的轨迹弯向

我们身体的丹霞峭壁。

放进倒影里稍一核实，原来良知

如此依赖幽静；我们既是

知识的猎人，也是知识的猎物。

——赠沈方

2021 年 10 月 27 日

寿山日记

——仿辛弃疾

此处，云杉的影子就很向导——
完全不在乎我们是否
卷入过世间本无路之类的闲扯
或争吵。耳畔的清音中
鸟鸣怜悯真正的鸟人屈指可数；
普遍的结局还有没有机会
悄悄插翅，却仍可归于例外。
回响伴奏回想：流水的源头，
沿清幽的曲径绕几个小弯，
就可追溯到飞瀑的回声中
至少有一半涉及神秘的召唤。
活水如此滋润，即使真意
依然缥缈，也无妨豁然的开明中，
自然的变形才没空搭理我们

好不好意思呢；此刻碧绿的扁舟

正中轻盈的下怀，由热烈的茶叶构成，

仅凭小小的舒展，便如同脱缰一般。

上不上岸，也很隐喻。

丹霞岩洞的阴凉中，听本地的

朋友勾勒龙川先生的轶事，

我突然走神，好奇于

另一种人生的传奇已接近

非常可能：语言的牢笼并不仅仅

以我们为死角；所谓牢底

其实是，潭水的表面已如此静谧。

——赠锦水

2021 年 10 月 29 日

人在婺州

——仿陈亮

此地，风物婉转风景，

即便不纯粹，也和势利不势利无关；

大道无形尤其不耽误

金桂的花气弥漫，但说到

嗅觉灵敏，似乎不如飘香的银桂

更擅长将人生的恍惚一笔勾销；

青涩的柚子带着成熟的悬念

垂悬在命运的悬念中；

向倒计时求一个警觉，

立刻就能感到，活泼的气息回旋

人的记忆里仍有古老的慨叹

等待着一次兑现。蝴蝶的小舞姿生动于

自然的幽静注定会在我们的低谷中

触及三种含义；而在别处，

机缘都不够凑巧；眺看的视线

常常被错误的起伏

带入天色太容易被情绪化。

此地，新的线索集中于端起的白茶

恰恰令金黄的稻田露出了

世界的肌肤。再多一点深水，

人中有龙，其实也很总结

我们作为纯粹的过客

在人生的倒影里究竟看到了什么。

——赠叶辉

2021 年 10 月 31 日

方岩归来

拜谒之旅。目标却很随意。

将世界归入芳菲名下，

似乎还可以再试一遍；

但新的感叹最好源于

山泉出自鬼斧，清澈到宇宙的

深意浅近如波光；稍一激滟，

无人之境出没你我

就好像，龙比虎更隐喻；

甚至更自律的风景

也已被认出，奇石的风度

像是用雄黄酒泼过；

绝壁竖起丹霞，委婉时光的曲折；

山风吹过，一如郁达夫

当年总结的那样，"伟大的感觉"

不妨缘起于幽静很清新；

数不清的石阶上，请注意，

青苔已经上瘾；湿滑的青苔

放任着不易察觉的美丽，

将我们的脚印吻入陌生的山色。

——赠张永伟

2021 年 11 月 1 日

注：

1. "将世界归入芳菲名下"，化用陈亮的《水龙吟》中的词句 "恨芳菲世界"；

2. "伟大的感觉"，语出郁达夫的散文《方岩纪静》。

百望山雪意简史

空气之门，将所有的征兆

冷却在积雪之上。白色的柱子

不止活跃在树林间，

也活跃在乌鸦腾飞的那一刻；

勃起的新鲜感来自雪意里

有一个陌生的邀请，很即兴，

而且巧合到五分钟前，

敲门像敲打地壳的错误。

更确切的消息则来自

友人即游人：西渡说

他正在爬雪山，区别就在于

一个人不管生活在哪儿，

他的附近，它的巍峨必须正对着

世界的疲惫；剩下的，

就交给原始思维吧，譬如，

从未想到人的脚印也会如此坦白。

我看不到他的表情，

但从口气上判断，有一个顶峰

似乎已非常接近。

——赠西渡

2021 年 11 月 7 日

千岛湖丛书

一个倾斜的大湖在岩石的脊骨上
等候着我们。几种天光
从雾霭的缝隙里漏下来，
很快，便重新汇合在环绕的山色中。

无形的琴弦已在附近调好，
山川各就各位，迎接秘密的呼吸——
你的回归里有我的回游。
一开始，你看上去一点也不像一条大鱼。

你身上没有鳍，要么就是
你已非常彻底，学会了用无鳞的化身
应付我们的各种危机。两种生活之间
留下的空白，会惹到你的好脾气吗？

假如答案是唯一的，我更愿意
迷失在绝对的心灵中。而你的无辜
并不始于你不知道你有多美——
这很公平，甚至更接近一种回馈。

当然，比起我们能得到的，
无边的现实拿走了更多的收益。
流水线甚至都懒得再兜圈子，
直接通向了面目可疑的博物馆。

巧妙的接头，遍布每个角落，
比效果还善于固定世界的真相。
见鬼，用起来真方便；这个词
就像一阵烟，装饰着小黑洞的爆发力。

我们也曾分别是男人和女人，
将宇宙的情感爆炸在身体的深处；
但现在，你只想代表你自己，
如同现在的我，只想面对一个谜——

它会接纳更多的你我，它用线索替换罗网，

彻底排斥过去，用起源缤纷你的新生。

它过滤我们，并许诺再换气的时候，

你不必每次都要跃出水面。

2005 年 6 月，2007 年 5 月

西湖日记

天色很清晰，视线却显得有限；
或许只是表面上有点矛盾，
看不清的东西，反而一点也不模糊。
看似很随意的举动，一转身
就如同往意识的旋涡里
扔去一个火种。但很快，也只剩下
湖水的反光还没失去理性。

万物的安静浸润在波浪的呼吸里，
即使是聋子，也可以判断
那配音曾十分完美；
那聆听将会浩渺一个后果。
而人的安静则需要夜色的配合，
最终巧妙于你天性就不喜欢
胡乱感慨人生如梦？

甚至无人之境也不会有那里安全。
浪花拍岸的间歇，惊醒的苍鹭飞向
暧昧的星光。从正在收紧的网里
传出的必定是自我之歌。
你不必担心这首诗里有太多的水，
你甚至不必吃惊：一只鱼鹰正叼着
空酒瓶，飞过我们的头顶。

2007 年 4 月

西湖丛书

水色很亲爱，连绵的青山

如同一种口吻，轻轻吸吮着时间。

每用一次力，和你我相关的责任

就会渗出一股真咸。

命运也想尝试一下反过来，

开始嗡嗡作响，煽动的小翅膀频繁你

还有一次最后的机会，

它这就带你去领会花的格言。

这样的蜜流淌着，令岩石变得光滑。

当你也加入进来时，新月如同一个活塞，

将天光缓缓释放。再试一次，就变成

酝酿多么具体：好像你天生就是这块料。

你用过的筛子就像刚发掘出来的
一座陨石坑。来吧。让新的种子
重新将我们放回到大地的呼吸中；
让新的果实鼓吹新的诞生。

信任多么触摸，将密集的自我
塞进一场急雨，倾泻在雷峰塔下。
一个发芽的天堂，再怎么大意，也大意不过
眼前的紫烟像一个雕像替我们阅读着未来。

2007 年 5 月

紫霞湖简史

远处，青烟像晃动的绳子
要把解透了风情的秦淮河吊向半空；
近处，起伏的山色渐渐围拢在
一块嵌入半山腰的碧玉四周。

归巢的雀鸟才不在乎现实和自然之间
有多少暧昧的界限呢；
它们不断飞过眼前，将原始的记忆
重新纠正在你的脑海深处。

一寸寸，蜻蜓配合暮色，
山路上僻静和幽静难解难分得
就如同一个人的安静也可以是
一个人的最神秘的财富。

去过很多地方就会有很多借口吗？

而此刻我只想恬然于我的感叹：

还从未有不大不小的一片水域

能在这样的高度回馈我对世界的探寻。

——赠何平

2019 年 11 月 11 日

琵琶湖简史

身边的莎士比亚提醒我：
成年之后，几乎每个人都不满
林立在我们周围的高墙
将我们拖进了看不见的笼子。

积压的同时，人的隐喻发明了
语言的反动，像一台精神机器，
将我们和看上去像波浪的东西
狠狠搅拌在意识的深处。

必须承认，我对旋涡的感情有点复杂。
这还能算是风景吗：每个人都渴望练习穿墙术——
哪怕厚厚的墙壁后面并无
上帝的玩笑兜底一个生活的秘密。

抑或，精神的画面感早已不同于既往——
每个人都想成为翻越障碍的高手，
哪怕和盘旋的苍鹰做朋友
有点像你怎么晓得兔子就没吃过窝边草。

而我的确知道，我穿越过
各种各样的世界之墙。假如有铁骨做的鼓槌，
我甚至也没放过南墙。我能见证的
或许不只是另一种惊喜：就如同我

怎么也没料到穿越厚厚的古城墙后，
我看见的，不是什么了不起的奇迹，
而是秋天的紫金山下，这美丽的小湖完美得好像
这世界的确有过一个结局。

——赠何同彬

2019 年 11 月 13 日

坝上草原

在你发黄的毛毯上，
绣着大地的丰收。
绣着我们的女儿央求我带她去
玩一次的金色的旅行。

本地的几种雀鸟
也绣在上面。最活泼的，
跳跃着，像一条从时间的案板上
掉到草丛中的小鲫鱼。

像是预感到什么，田鼠留下
几撮棕色毛发，逃掉了，
没有被绣进来；它们的小黑洞
却被绣进了捕鼠计划。

看得出来，一座小浮桥

绣上去时，似乎费了很多圆圈。

一棵小榆树不像是绣上去的。

一匹马拴在树下，抬起的腿像一把弯刀。

1998 年 10 月，1999 年 2 月

渤海

像是刚刚领养过一群海豹，
渤海侧着身子躺在铅灰色云影下；
七月的雷阵雨犹如一场仪式，
礁岩露出海面，像涨挺的乳头；

彩虹的计时器刚一亮出，
游人便像新出生的海豹
扑向大海多汁的乳房；
他们没有错，不过是看起来——

嬉戏多于洗礼。而起伏的波浪
则像是一种汹涌的反扑，带着无数
诞生的痕迹，砸向人群
无知的面孔；他们的旅行记忆

像是被沙子锉过似的，不会留下
任何空间来消化这本来就有点
暧昧的较量。至于微妙的失败，
呛过几口海水，就已非常接近

引诱死神探头探脑了。当我混杂在
他们的队列中返回城市时，渤海依然
侧着身子躺在那里；但此时，它更像是
空白的相册，等待着插入快乐的时光。

1995 年 7 月，1997 年 8 月

猛烈的海岬丛书

突然获得的精神性。

临界点吻合过的那几个脚印，

既是你的，也是陌生人的；

主角是不是你，

已经不那么重要。

更即兴的演奏，无限的蔚蓝

赢得了眼前的明亮。

更自然的道具。内心的争吵

变得纯粹，如果感恩

也允许有一个隐私，大海的动荡

酝酿过更绝对的生命氛围。

道路的尽头，居然像

透明的刀尖。唯一的提示

来自猛烈的海风。它应该是，

它至少是，以及，它必须是。

永恒的基座。虚无之歌
双腿何其性感，即使如此，
它在上面站立过的时间，
和你在上面驻足过的时光，
也没什么可比性。

2007 年 1 月，冲绳

帕米尔丛书

混迹于我就是你——
美丽并且坦率，像野鹅一样
背诵紫葡萄的台词。
也是这里，更多的时候，
我是以你我出现的。

稀薄的空气纯净着
蔚蓝的欢迎词。陌生的土地，
却亲切如原乡。泥泞的小路
照样像在平原，引导着细细的冷雨
去辨认枣树林中的一棵樱桃树。

对于外人，它种在那里当然很奇怪；
甚至很容易和布景混淆起来。
几只大花雀客串菊花国里的流浪汉：

如同上瘾似的，嘲弄着我们
对闲暇的浅薄的羡慕。

河滩上，白鹭的爱情戏
尺度也很大。只有蝴蝶，
不负先人的慧眼，就好像
它的一生都是在度假；
顺便在人世的寂寞中留下一些线索。

朵朵白云似乎更喜欢扫尾工作——
它们适应最高的怜悯就好像
我们一直幼稚于爱的借口。
想反驳的话，最好及时
将那几只野鹅捆入宪法的羽毛。

当你认为高原上绝不能
有飞舞的苍蝇时，你其实已输了。
随便一挥，苍蝇拍就能拍醒
一个潜在的偶像：他此时像个偷猎者，
手拿打了结的绳子，悄悄接近我们的替身。

如此，潜在的美丽使无形的筛子
晃动得比以往更剧烈了。
一个旅行团被筛选出来，
雪山，戈壁，草地，绿洲，瀑布……
排着队，等着我中有你去给它们编号。

它们是风景，甚至无须拟人，
就已是我们的父亲、母亲、兄弟和姐妹。
几乎在所有的方向，
迷人都乱了套。时间空虚得就像
离我们最近的绳子是星星。

一次生活的错位代替了自然的秩序，
慕士塔格雪峰就像露天电影院里
巍峨的道具。猜猜留言簿上
还会有什么谜语，当胜似天堂的地方
被风的信仰反复临摹过时。

2005 年 11 月，2012 年 9 月

柳荫公园内的圣迹

公园里的小山丘并不适合祈祷；
即使是在深夜，在朦胧的月色中，
它的轮廓看上去像庄严的圣迹，
比如说，像伯利恒的一座小沙丘；

但依然会有绵延，只不过有点短促；
也依然会有沉默，即使在那有限的绵延中
也能堆积起一个原始的氛围——
在我还未完全意识到的时候，我身上

令死亡费解的某样东西已渗透到
它古老的沉默中。如果换成新名词，
这局面或许就是，风水会被取缔，
但融合已经完成。太阳照样升起来时，

它也会显得很普通。实际上
它四面环水：有两座小石桥像婴儿
在依偎中向母亲伸出的手；
如果碰上雨天，它稚嫩的面孔

也会从拍岸的浪花中脱颖而出。
一本描绘它的书在天上飞翔，
但它不会轻易就抬头。既然已习惯
以风景为背景，再深邃的时间

也会消融在它小小的领地里。
它曾被当作一部反映三十年社会现实的
电影的外景地：一个人在山阴处
暗杀另一个人。除此之外，

它的历史都很干净。一个方便的去处，
很容易攀登，但好像有一种高度
在它的低海拔里也隐藏得很深；
好在它的山头上还有一座小凉亭，

可让眺看生活几乎等于

钓没钓过鱼，境界可大不一样呢。

如果你能找到适合包装纸，

将它包裹起来，它也会是很好的礼物。

1995 年 11 月，1997 年 7 月

昆明湖

视野之内，水域谈不上辽阔；
时不时还会有一个南北的对比
渗透到被云影弄坏的情绪中。

把烟波的起色全算上，
浩渺也只是露出了一个端倪，
但起风时，掀起的波浪

却足以让一个人清醒地认出：
在死亡的边缘挣扎过，
我们的世界观会受到怎样的刺激。

并非只是江湖的一个缩影，
即使青春之歌偶尔跑调，它也是记忆的
永远的蓄水池，始终围绕你和我。

下雨时，荡起的双桨将由摇摆的柳丝接力；

命运的形状再难产，也不会妨碍

此岸和彼岸在此显得比具体还得体。

它对我的视线的纠正，促使我信赖

这样的角度：再怎么巨大的阴影

都会被对岸的灯火收编成一个橘黄色的小亮点。

1995 年 5 月，1998 年 6 月

芒砀山西汉壁画观止

封堵墓道的巨型黄肠石

曾多达两千多块，移除之后，

芒砀山的气势却丝毫不减；

起伏在东边，小顶峰

冷藏一个奇观；再深入一步，

腾飞的青龙在地下天空

安然于纵贯南北

竟然也已逾两千年。

你并不一定非得知道

龙舌为什么会衔着玄武，

才能看出左侧的朱雀

果然比右侧的白虎

画得更传神。有时，莫大的安慰

就出自良好的方位感；

此外，将祥云描绘在墓穴深处

也不止就是按风俗行事——
它还意味着即使在死后，
升天的意愿依然可以共谋于
人的自由，的确包含着
一种不亚于天意的深意。

2019 年 8 月 25 日

九子岩简史

九子岩山腰处，起伏的翠绿

像一个美丽的空巢；

袅袅的云雾则缓缓推送

一个自然的自我重复——

每一株枫榆，看上去都像

一个身材高大的好邻居——

不要用奇怪的眼神打量我，

我可是吃宇宙的影子

都能吃到打嗝的人；更何况

这浓郁的树荫已新鲜得

不限于只是植物安静的影子。

借助青山的记忆，我仿佛已有很长时间

没被时间本身吞没过了。

如此，云雾从不担心

现实会弄丢前世的线索。

渐渐散开之后，眼前的场景

依然显得久远，且每一次置身

都埋伏着奇妙的新意；

否则，怎么会有这么巧的谐音

格外形象于巨大的奇石

突兀一个惊魂的启示。

换一种眼光，地狱其实就是台阶，

不登到高处，人的缘分

怎么会在我们之中绷紧一阵远眺。

我能做的，仿佛不只是帮助

一个真身抵达一处所在。

我的每个动作都幅度不大——

要么悄悄跪下，将眼泪藏在膝盖下，

要么轻轻一闭眼，灵山即圣地。

——赠江弱水

2019 年 6 月 23 日

翠峰寺简史

来吧。后山的风景

或许更独到，我渴望邀请蝴蝶

和我们玩一个小游戏：

为了避免在灵与肉之间作弊，

我从我的身体里退出，

蝴蝶也从它的身体里退出。

是的，为了相互尊重，

我答应过，我绝不会化身成蝴蝶——

即使那样做，有助于世界

减轻一个负担。我同时也恳求

在我退出身体的一刹那，

蝴蝶也不可利用我的脆弱——

因为意识模糊时，我很可能

会冲动地将从身体里退出的那一部分

称为亲爱的蝴蝶。假如我犯下

这样的过错，我请求蝴蝶

将我重新变回去。我愿意自罚

每天早上从滴翠峰的山脚下

背着一篓青菜和大米，

沿向上的石阶，一步步将我的影子

重新抬进青翠的空虚之中。

——赠颜炼军

2019 年 6 月 15 日

阿克木那拉烽火台

你肯定没见过空气

也会沉没。这是比过去

还偏僻的经验，无用的领略，

但未必不适合未来。你肯定没见过

空气如何巨大，一直大到

升腾的狼烟，远远望去，

就如同古尔班通古特沙漠边缘，

一把扭动着的棕黑的牛角梳子——

它梳理过巨大的恐惧，直到

历史的无知低于你刚从蛇麻草中

抽出身来，用脚踢着梭梭草的

小心眼。据说，再踢得狠一点，

肉苁蓉就会跳出来，对着你的肾

发出爱的尖叫。这是现在的经验，

比用子弹做的菜还偏方。

但是，那些曾经在这里流血的士兵

可没有这么幸运。他们目睹

狼烟继续升高，即使那时

看起来一点也不像梳子，

它也梳理过巨大的勇气。

这是注定会失传的心智，就好像

空气的沉没，突出了

这高耸的土墩，以便它

在付费的风景中更好地见证：

干燥，是时间的耳光。

2016 年 8 月 17 日

注：阿克木那拉烽火台，位于新疆阜康市。

卷　五

扦插入门

在折断枝条的声响中，你能听到
昨晚的梦中金色老虎
一个猛扑，咬断了野兔的肋骨。
带着不易觉察的木液，
枝条的末端，新鲜的伤痕
赌你之前就已准备好了
掺过沙子和腐叶的红壤土；
它甚至赌你知道它的成活率
意味着你的责任最终会升华
我们的好奇心，而不仅仅是
木槿开花时，那夺目的娇艳
能令紫红色的灵感重瓣。
和它有关的，最大的善
是每天早上，有人会弯下身，
给它的下身浇水。将粗暴的

伤痕转化成生命的根系，

面对这成长的秘密：你扪心自问

那个人真的会是你吗？

2017 年 6 月 24 日

人在科尔沁草原，或胡枝子入门

十年前，它叫过随军茶；

几只滩羊做过示范后，

你随即将它的嫩叶放进

干燥的口腔中，用舌根翻弄

它的苦香。有点冒失，

但诸如此类的试探

也可能把你从生活的边缘

拽回到宇宙的起点。

没错，它甚至连替代品都算不上，

但它并不担心它的美丽

会在你广博的见识中

被小小的粗心所吞没。

它自信你不同于其他的过客——

你会从它的朴素和忍耐中

找到别样的线索。四年前，

贺兰山下，它也叫过鹿鸡花；

不起眼的蜜源植物，它殷勤你

在蜜蜂和黑熊之间做过

正确的美学选择。如今，

辨认的场景换成科尔沁草原，

但那秘密的选择还在延续——

在珠日和辽阔的黎明中，

你为它弯过一次腰；

在大青沟清幽的溪流边，

你为它弯过两次腰；

在双合尔山洒满余晖的半坡，

你为它弯过三次腰；

在苍狼峰瑰美的黄昏里，

你为它弯过四次腰；

表面上，它用它的矮小，

降低了你的高度；

但更有可能，每一次弯下身，

都意味着你在它的高度上

重新看清了我是谁。

2018 年 9 月 2 日

菊芋入门

美好的一天，无须借助喜鹊的翅膀，

仅凭你的豹子胆就能将它

从掀翻的地狱基座下

狠狠抽出，并直接将时间的蔚蓝口型

对得像人生的暗号一样

充满漂亮的刚毛。为它驻足

不如将没有打完的气都用在鼓吹

它的花瓣像细长的舌头。

或者与其膜拜它的美丽一点也不羞涩，

不如用它小小的盘花减去

叔本华的烦恼：这生命的加法

就像天真的积木，令流逝的时光

紧凑于你的确用小塑料桶

给我拎过世界上最干净的水。

清洗它时，我是你骑在我脖子上尖叫的黑熊，也是你的花心的营养大师；

多么奇妙的茎块，将它剁碎后，

我能洞见到郊区的文火

令大米生动到你的胃

也是宇宙的胃。假如我绝口不提

它也叫鬼子姜，你会同意

将它的名次提前到比蝴蝶更化身吗？

2018 年 10 月 4 日

郁金香入门

战争期间，鳞茎球根
经简单腌制，成为救命的食物。
这侧影曾颠倒过饥饿的黑白；
但最终，艰难锻炼了记忆，
就好像最新的心理研究表明
令死神分神的有效方法是，
花神也曾迷惑于我们
为什么会如此依赖历史。
啊，百合家族的暧昧的荣耀。

人真的遭遇过人的难题吗——
假如站在它们面前，天使的数量
不曾多到足以令魔鬼盲目。
更古老的传闻中，原产地
醒目在天山。那里，牧草肥美，

巍峨的积雪至少曾让人类的愚蠢

获得了一个鲜明的对比。

同样的天气条件下，它们的美

比我们的真理更幸运。

我们的分类顶多是很少出错：

花是花的情绪，花也是花的意志；

花是花的气候，花也是花的秘密；

花是花的阳台，花也是花的雕塑。

有时，我能非常清醒感到

我们的见证因它们而确定无疑。

有时我又会觉得，它们的花容

如此出色，我们的见证

甚至不配做它们的肥料。

2017 年 6 月 15 日

龙舌兰入门

以金字塔为邻，听任沙漠
为自己筛选出带刺的
营养惊人的玩伴，以及风景里
假如缺少完美的天敌
仙人掌的阴影会显得多么无聊。
不存偏见的话，只有拿着镰刀
收割过人生的风暴的
女人的浑圆的胳膊，能和它修长的
滚粗的叶瓣相媲美。在四周，
由它发动的寂静回荡成年后
我们心中曾有过的，最壮丽的忍耐。
据说，它的锥状花序高达八米，
像温柔的长矛，足以将我们身上
多余的赘肉，满是皱纹的慵懒
叉向天堂里海拔最低的火炉。

它的浆汁堪比毒蛇的唾液，

但蒸馏后，作为一种神秘的恢复，

赞美比恐惧更原始。如此，

它远离我们的真相，也远离

我们的谎言，甚至也远离我们的世界

正堕落为一种可怕的祭品。

而一旦刻骨的分寸进入默契，

它从你身上提取的纯度

足以将宇宙的幻觉燃烧一千遍。

2015 年 12 月 7 日

白莲入门

梦之舟已准备好，

但你害怕划着划着，原本只是

暂时替代击水的木浆的

手臂会无法再变回来。

源于它的诱惑始终是出色的，

但你不想因为对梦的使用不当

毁掉你的自主权。毕竟，"现实的崇高"

就像从牙缝里啐出罂粟壳的

柯勒律治说到的，同你如何引导自我有关。

你不一定非得湿身才能触摸到

它的美。雌雄同花，完全到你

有点疑惑人身上到底有没有

类似的花蕾：既然观看它的自在时，

你的安静一点不逊色于

它的安静。你更愿意漫步到

它的跟前，用新的目光撕掉它身上
时间的封条；你必须习惯于和它告别，
就好像将它的风姿留在夏天的池塘里
既是命运的安排，也是你修剪
人的秘密的一种方法。

2014 年 7 月

兰花简史

——仿苏东坡

蝴蝶飞走后，它的假鳞茎
很像一个人从未区分过
他的生活和他的人生
究竟有何不同；

并非禁区，被很少谈及，
仅仅是因为，当他的生活
大于他的人生时，
它仿佛躲在铁幕的背后；

据记载，它从未害怕过狮子
或黑熊。也许秘密
就在于它美丽的唇瓣
能令凶猛的动物也想入非非。

而醒目的真实原因很可能
比花姿素雅更深邃；
在领略过芍药或牡丹之后，
它的美之所以仍能胜出，

全赖心灵的暗示最终会平息
我们所有的蠢蠢欲动；
当一个人试图烘托
精神的秩序时，它会及时

从侧生的花葶提供缕缕幽香；
而当他需要从存在的晦暗中
夺回某种无形的归属权时，
它就会贡献一个新的基础。

2019 年 6 月，2021 年 1 月。

坚果日记

在下面，雪是它巨大的白色准星。

它瞄准，有时是为它自己，

有时又像是替命运着想；

但坠落并未发生。

悬挂在最高处，不掠美风铃，

也不允许悬念走神。

坚硬的外壳下，它的无私的

已浓缩成蜜蜡般的小球。

它的坠落不是秘密，甚至很守时。

它专有属于它自己的感叹：

近乎神秘，只有它的坠落

是在不为人知的愉快中进行的。

对它而言，世界的寂静同样是筛子；

哪怕只是枝条轻轻颤动，

它也能准确区分出刚才靠近的，

是蓝松鸦，还是灰松鼠；

根据种种原始的迹象，

它应该也瞄准过你。借助你，

它可以听见它自己的坠落。

而你几乎很少能准时出现在现场。

1999 年 8 月，2001 年 5 月

蛇床简史

欣赏过兔子的咀嚼后，

你会知道它和野生胡萝卜的株形

究竟区别在哪儿；以及

野猪强悍的嗅觉中

为什么它有时也叫野茴香。

伞形科草本，常见于北方夏季；

它身上更有一个小美人，

生来就朴素，但变形也很严重，

这就牵扯出一种古老的警觉：

见过很多次，但说到相知很深——

不将彼此的内秀彻底颠倒，

就根本不可能。优美的身影，

荡漾由微风介绍给自然的信任；

渐渐的，一个遥远的世界

重现在它众多的翠绿分枝中；

那也是翡翠般的四肢被借走后，

凭我们的记忆回到现场时

最先把握到的姿态；而且看上去，

生动的纤巧，已被完全说服。

亲自品尝后，李时珍将用它的种子

熬好的汤汁，并入壮阳的幻象；

没错，多数情况下，时间中的时光

就是用来穿越的；以便这生性蓬勃的

植物背后，仿佛有一条线索，

不会因我们对草丛中的蛇影

感到恐惧而彻底中断。

——赠西哑

2014 年 7 月，2022 年 1 月

冰岛观鲸记

"从长远看，地球就是宇宙中的冰岛。"

——哈德尔·拉克斯内斯

飞机降落，火山的礼物
因地形平坦而显得性情温和；
走到哪儿，都能立刻感觉到
铅灰色的海水，漫过现实的神话，
从四周，向我们围涌过来。

整整七天，几头长须鲸
像是和另外一群驼背鲸谈好了的
新节目的价格似的，
开始没日没夜，出没在
我的脑海深处。

我喝啤酒时，它们喷出的水柱
将冰蓝的大西洋浪花
一直溅射到星星的手指上。
需要证据的话，我嘴里的泡沫
就弥漫着一股鲸鱼精液的味道。

相处的距离越来越近，
它们的自信起伏在陌生的真实中；
它们将巨大的尾鳍举出水面，
搅动着大海的神经，拒绝
世界的本质已被定性。

就这样，它们出没在我的脑海里，
令自由的层次有了新的可能。
我突然意识到，我构成了
它们唯一的现实。而它们的活跃
似乎从未受到过虚构的影响。

它们的动机可一直追溯到
我们仿佛来自别处。它们的目的

似乎很明确：就好像成年之后，

那片海域，是唯一可将我清晰定位在

它们的世界中的一种方式。

2010 年 12 月，2016 年 2 月

虎鲸简史

原始的黑夜和欢乐的白昼

已将它身体表面的颜色

进行了新的处理，永久性的标记，

不可逆，近乎一次完美的涂抹，

且精确得就像它可以按这黑白的比例，

将成年之后它必须面对的

死亡，直接在海豹和海狮中间

重新分配：海豹属于典型的黑色食物，

个头小一点的海豚，包括海狗

属于白色食物。那些圆锥形犬齿

可不止是外观漂亮；有目击者作证，

大口张开后，它能一次性

将整只海豹吞进腹中。如果饥饿

被大海的游戏背叛，它甚至

会冲过去，撕咬大白鲨。

正常情况下，它的鲸歌

即使在我们听来，也是神奇的；

蕴含着巨大的情感，就好像

大海的五分之一是它专有的歌剧院包厢。

甚至情感的交流也很有效，

绝不输于人类会赌咒。甚至仅仅

从身体的外形，你也能感受到

它的情感的重量。漆黑的背鳍

像一把举起的镰刀，随时准备递向

大海的真相。为了证明你有过

一个深沉的梦想，并且确实没有看错，

它的腹部是雪白的；比醒目还刻意，

就好像大海深处，一次雪崩的胎记

只能由它来保留。

2020 年 2 月，2021 年 9 月

海豚日记

纯粹的欢乐。可以理解的，

虽然只有很小一部分，

但已足够珍贵。神秘的性格

来自可爱的体形；并且差一点，

就完美于你的天赋

也可以在别处。旺盛的精力

只为纠正你误解过

宇宙不淘气。平静的大海

才不假象呢。每一次，从水下，

飞跃而出，都意味着

无名的冒犯不该被隐瞒。

另一幕经典的情景中，疯狂的追逐

已将彼此之间的陌生

彻底消耗。所以，你有类似的感觉

一点也不奇怪：它们的出没

也意味着最后一次清场；

并行的漂游中，蔚蓝的抚摸暴露出

宇宙深处，注定存在着

更深刻的情感。有时，很考验人。

有时，则很考验魔鬼

究竟藏在了哪里？

2018 年 10 月

金枪鱼简史

成年之后，特别的觉悟

注定和特别的味道

关系密切。在别的物种身上，

不可能出现的交叉回味

沿着它光滑的纺锤形

甚至追溯到我们共同的起源

岂止非常深邃；至于肉质

确实鲜美，不过是

一个刚刚剪开的小口子。

可公开的部分，尤其欢迎

伟大的探险记也穿上一次

花泳裤，比直观还参观。

它身上的金子呈深红色，

且醒目地长着新月状的背鳍；

它身上的枪的形状比较隐晦，

实在克制不住的话，

你只能从一条重达 85 公斤的雌鱼

每年可产 700 万粒鱼卵，

推想出一个大致的轮廓。

重点在这里：和金子相比，

它摸上去很柔软，暗含着可爱的弹性；

带着宇宙中最快的海洋速度，

飞快冲向鲭鱼的队形时，

正如你有时会向撒旦的智慧抱怨的，

它就像一颗浑身披满银色圆鳞的鱼雷

正在冰冷的深海中全速醒来。

2019 年 6 月

柏林的狐狸入门

称它为欧洲的狐狸

不如称它为德国的狐狸，

蒂尔加滕公园碾磨夜色中的咖啡，

直到我们出没在狐狸的出没中；

甚至直到我出没在我们的出没中。

清醒后，什么人敢真实于他的恍惚？

一半是暧昧的信使，

一半是角色的，偶然的进化。

称它为德国的狐狸

不如称它为柏林的狐狸，

在胜利纪念柱和勃兰登堡门之间，

它颠跑着，踩着新雨的积水，

穿过宽阔的午夜的街道。

它的路线自北向南，而我们的归途则从西向东。

一个移动的十字，完美于

它比我们早一分钟跑过

那个扁平在人行道上的交叉点。

这之后，爱，几乎像夜色一样是可巡视的。

称它为柏林的狐狸

不如称它为黑夜的狐狸。

我多少感到吃惊，因为本地的朋友

已交代过，这一带是市区中心。

它侧脸着，以便将它和我们之间的距离

主动控制在既是警觉的

也是体面的原始礼貌中，就好像我们

来自北京还是来自津巴布韦，

对它来说，区别不大。

它的偶然的出现已近乎完美，

而它的偶然的消失比它的

偶然的出现，还要完美；

至少，我们的出现很可能比它还偶然。

所以，称它为黑夜的狐狸，

不如直接称它为诗歌的狐狸。

——赠许俐雅

2015 年 7 月 6 日

银鸥入门

生命的技艺常常忽略

物种的差异，波及不同的

世界神话：悬崖上，将烈马勒住的人

也许从此会转而关注银鸥的

濒危状况；毕竟，它们体型偏大，

脊背上的深色如同鬃毛下的

极少被注意到的发暗的勒痕。

据鸟类爱好者观察，除了不得不

在城市垃圾堆旁，上演求偶的一幕外，

银鸥也很偏爱陡峭的隐喻；

它们甚至愿冒险在悬崖上产蛋——

那里，风大得如同命运之神弄丢了

从我们手中借走的一根绳子。

但最终，人的缺席不见得全是坏事：

悬空感也可提炼现实感，

银鸥的后代会将这种天性

鲜明地标注在橙红的鸟喙上——

如果你足够幸运，会看到它们

在春天的玉米田里将姬鼠的头

踩在粉红的脚蹼下，然后

用漂亮的尖嘴，宣告存在的代价。

———赠熊平

2017 年 6 月 25 日，2018 年 4 月 3 日

海鸥简史

.

在我们作为人抵达之前，

它们的领地

已经过海风反复的选择；

上升和下降，都有激动的浪花

在命运的尽头鼓掌。

个头不大，但足以产生精神的愉悦；

如果把时间的纯粹性

也考虑进来，它们的飞翔

更是充满了单纯的线索；

从此，空间很柔软；从漂浮的

白云那里借来的念头，

被冷色的羽毛装饰得很紧凑，

并随时暗示着整个世界

都不乏可爱的浮力。

如果你不反对，它们也是

非常理想的爱的替身，

每一次近身掠过，那自由的飞翔

都会将我们身上过度的情感

迅速取出，扔向大海的

回声。或许，现在意识到

这一点，也不算太晚——

它们的影子可用于

我们之间最深的告别，

它们的欢叫，润色过

只属于你的记忆的旋律。

2018 年 11 月，2019 年 3 月

鹌鹑协会

沿着想象中的路线，
这被生动的标本固定成
栗黄色礼物的禽鸟，突然开始
冲破一个偏见，扇动着初夏的羽毛，
要带我去参观一座天堂；

越过杂草丛生的荒坡，金银花
盛开的野地，惊魂的越界
已不可避免；并且很快，自然的
迹象就本能到，明亮的溪水里
昨晚的红月亮仿佛已在

清澈的波纹中，洗过一颗黄牙。
一旦芦苇晃动，微风就负责开门。
当我终于适应了它的步伐时，

美丽的景象如同一张被拉动的网，
也开始微妙于往日的风景。

曾几何时，清河以北，单身汉寓居的
角落里确实珍藏过朋友送的
一只鹌鹑；圆滚的体态无视死亡的暗示，
像一个仍然活着的器皿，盛满了
野豌豆、菜叶、浆果和昆虫；

所有的蠕动，只发生在
人对它神圣的性别感到困惑之际。
送来的时候，雄鸟和雌鸟
并未被刻意区分；但随着时间推移
我越来越觉得它是一只雌鸟。

当我俯下身时，它不再是
失神的替身，胸脯上的黑褐斑点
比迷人的眼睛还会说话。它应该
另有归宿。比如，被埋到核桃树下；
如果这是我最个人的秘密，你的呢？

2004 年 4 月，2010 年 2 月

雁南飞

大地的诱惑，在大雁的迁徙

和我们的眺望之间促成了

一次告别。袅袅已破位余音；

吸引它们的东西，也曾吸引过我们。

追逐和相伴，交替在

风景的秘密中，比我们能得出的

任何结论，都要深刻一万倍。

结局尤其不同于结尾，

却被有力的翅膀扩大到

天空的蔚蓝到底在多大程度上

属于新生的时刻。漂亮的行动。

箭头的指向很明显，包括

在我们中间造成严重分歧的——

诱惑是否可以被升华，都被大雁的影子

带进了一个具体的浩渺；

只要见识过，就无法否认，

生灵的骄傲体现在如此

完美的队列中，仅此一例。

天上和地下，所有的差距

都不免虚伪，除非能像它们那样——

任凭速度决定灵感。

它们的影子把我们留在了原地，

它们的叫声把我们锁进了一个记忆。

亲爱的朋友，如果没有例外，

你会属于哪一种情形？

1993 年 10 月，2001 年 1 月，2010 年 4 月

金麻雀丛书

即使真的把金子藏进
它们筑巢的树洞里，麻雀也不会知道。
黑暗中的金子，几乎与干裂的
木纹没什么区别。更有可能，
那样的区别，还不足以让它们分心。

常常，出现在你的左右；
但认真起来，它们好像从未卷入过
你和雀形目鸟类之间应有一个互动。
在它们身上，比聪明更活泼的，
是警惕性过于委婉残酷的戏剧。

雄鸟飞羽上的棕褐色，永远都比
雌鸟身上的，颜色更深重。
不管你住在哪里，以及最终

会以何种面目出现在人世的无常中；
麻雀的喧闹，无时不在昭示

它们至少是半个小主人。
那样的渴望几乎是突然产生的：
见过了太多的金狮或金猪，
你也想从金孔雀身上敲下
一小坨金子；然后历险归来，

用手心捂暖后，献给离你最近的
那只麻雀。如果它飞得不够近，
你可将金子熔化，铸作一个金身麻雀，
从此你和它们之间再不会有
任何距离，会侵蚀那神秘的信任。

2007 年 5 月，2012 年 2 月

竹眼蝶丛书

江南的初夏，时间的荫影
从不同角度，将人生的恍惚稀释在
昆虫的喜剧中。依次出场的是，
你差一点没认出紧随在
宽尾凤蝶身后的白带竹眼蝶。
曼舞结束后，每一片浓阴，
都比前一秒钟更可用于
人的自由的擦拭。明亮的反面，
封闭在美丽的吸管中，
流动的方向与岩浆相同；
非常缓慢，如同大地的滋养
缓缓驶入一个激情的拐点。
通常的情况下，肉眼不可见，
但并不妨碍内在的觉察
已充分捕捉到，无花果的汁液上

有一个漂亮的小洞，小得只有在我们谈论

蝴蝶的语言时才会稍稍触及。

而几乎每一次，当我们谈论

蝴蝶的语言，我们都控制不好时间，

就好像我们已不由自主地

在炼狱的底部，暴露了太多的替身。

2007 年 6 月，2009 年 9 月

蜥蜴简史

告诉你一个秘密：

蚯蚓有蚯蚓的土言，蜗牛有蜗牛的俚语，

蜂鸟有蜂鸟的方言，但只有

在绝妙的汉语里，蜥蜴才和友谊押韵；

如果原始的自然回声值得

一次信赖，这越界的关联

将触及情感的偶然性

不仅很稀有，且比情感的秘密

更考验你作为一个潜在的

驯养者是否精力充沛，比真理的

秘密还花得起时间。

毕竟，这和变色龙总是

喜欢把事情搞砸，只知道讨好

人类的道德趣味不同。

一只蜥蜴，意味着时间的长度

在它身上已完全沉淀，

激变为一种时间的方向：非常缓慢，

但依然用鲜红的舌头保持着

敏捷的突然性，直到这缓慢

将世界的危险全部转化成

一种温顺的假象；以及

耐心即天才如果反过来

更加成立的话，它的友谊

确乎已进化得意味深长，不可或缺。

2019 年 11 月

蓝天鹅简史

它不知道你以前只见过
白天鹅和黑天鹅；以及美的记忆
一旦由美的轮廓定型完毕，
黑白之间便再也容不下
道德的新颜色。甚至距离

都已经这么近，近到它
都可以感觉到你的尴尬：
怎么只是颜色比孔雀还蓝，
你对白天鹅有过的情感
就已无法顺延到它的身上。

体形也不比黑天鹅更大
或更小；举止甚至更温柔，
更天真于世界的好奇，

更不懂得区分你身上
天使和魔鬼的比例

是否在任何情况下都依然
保持着古怪的平衡；
怎么仅仅因为颜色罕见，
它就必须向你完整地交代出
一个更神秘的起源。

而那样的语言似乎还没有被发明出来。
因为它的降临，这片开阔的
荡漾着春天的气息的
绿色的湖面，突然变得像
一个巨大的靶子；

平放着，并未明显地竖起，
那些波纹也很走神，
但所有这些措施，都无法阻止
它已像一个紫色的靶心
被人类的偏见瞄得准准的。

2020 年 3 月

北方的狼入门

一旦出现，紧张的空气
便开始反拧人生的
假象；远远的对峙中，
先机已替世界亮出底牌，
对方的嗅觉岂止于敏锐，
不仅仅察觉到你身上有
一头美丽的麋鹿，比迷路
还擅长暴露大地的偏心；
甚至对方的听力也已捕捉到
那几乎不太可能的动静，
深藏着的原始恐惧突然揪住
一片毫毛，将封闭在你身上的
古老的透气孔全部打开。
幸运的是，这只是
一次测试；你还有很多机会

争取更好的结果，去深究

什么是诗。譬如，在这样的场合中，

诗，保证了一种独特的真实；

只要语言和寓言的比例尺

是正常的，远远的对峙中，

即便你只是一个人面对

一群擅长集体作战的灰狼，

你的恐惧，也有限得像一面镜子，

依然可以被你自己照见；

但假如离开这首诗，取消了

词语的边界，你的恐惧，

会变成另一面镜子，仿佛只有

慢慢向你靠近的狼群

才知道怎么使用它。

2019 年 10 月

老虎是用来倾听的

幽暗的森林，所有的旋转

已失去可参照的迹象。

你在那儿，或你不在那儿，

变形记的分裂，都不会受到妨碍。

你分身，或不分身，

那金黄的原型的进化，

也都不会受到推迟。

在死亡之前，死并不存在，

在死亡之后，死也不存在；

这是你的神话，也是大于你的例子。

崎岖依旧，绳子还缠在腰间，

界限却越来越模糊。

人的最根本的处境

真的能构成一个自觉吗？

前一秒钟，原始的寂静

刺激自然的假象时，

手法已相当巧妙。后一秒钟，

你中有我，随即被孤立在

遥远的传说中；世界的线索

几乎中断。唯一的火焰

甚至比黑暗更漆黑。用手按住

胸口时，沉寂并未扩大任何命运，

沉寂只是令金黄的轮廓

突然有了跳跃的冲动。

是的。你就是那个后果，

严重到宇宙只剩下了舌尖。

2022 年 2 月

诗，生命的自我表达

——答敬文东

敬文东：据我观察，您对诗的痴情胜过一切；您很可能是中国新诗史上迄今为止产量最大的诗人。张枣和您相反，他发明的每种写法只出产一首诗。里尔克好像说过：假如我们每天坚持写诗，也许有朝一日我们会写出十行好诗。您怎样理解您、张枣和里尔克对诗的奇异态度？

臧棣：其实，有过很长一段时间，我并未意识到我的诗歌写作会被说成高产的。我还以为大家都一样。虽然对每个诗人而言，写作的速度有快慢之分，但身处现代汉语最具张力的时代，我觉得当代诗人的产量差别不会很大。年轻的时候，都有过一晚上写好几首诗的体验。我刚刚留在北大任教的时候，给本科生开"诗歌写作"课，诗人王敖的写作速度是，一周可以写出半本诗集。90年代后期，张枣和我也曾谈及新诗的产量这一话题。张枣基本上是天才派，写作习惯受制于风格意识、语言感觉。万物都可以归结在一首诗里。他写得少，还有一个原因，不是有人说的他太贪玩，而是他的风格意识和诗人的耐心之间的脱节。张枣的语言感觉，可以说好得出奇。但也正是由于语言感觉太好的缘故，在需要耐心的时候，他喜欢耍聪明。当然，他也有资格在语言中耍聪明。他的工作方式是，每年只在特定的时日里写诗。而我的情况，刚好和他相反。从自身条件来说，我属于金牛座，又有一半湖南人的血统，所以，就状态而言，写诗对我来说更像是一种工作。我曾对张枣说，中国诗人的一个通病是，从未把诗当成一种工作。会写诗，能写诗，但从未真正进入诗是工作的状态。而这也是冯至在上世纪40年代，就敏锐地观察到的一个问题。对大多数人来说，生命的状态和工作的状态是对立的。诗是在闲暇的生命中产生的。如果将诗界定为一种工作，对多数人来说，这很可能意味着一种劳役。用张枣的话说，那就不好玩了。但就我个人对新诗历史中诗人的写作状态的观察，我觉得，建立起诗和工作的特殊关联，对锤炼诗人的现代意识来说，是非常重要的；既无法回避，也极为迫切。

追根溯源，这很可能和早年受到瓦雷里的影响有关。瓦雷里曾说，现代诗人的毛病之一，就是喜欢借口等待灵感降临，总是逃避文学劳动中的艰苦的付出。瓦雷里是我高中时就崇拜的诗人。虽然那时候，不可能很深入地领会他的很多说法，但他的文字塑造了我对诗歌的最初的认知。某种意义上，瓦雷里可以说是我最早的诗歌师傅。在瓦雷里看来，诗就是一种工作。如果有神圣的仪式感，那也只能放到现代生活的日常节奏中去脱胎换骨。诗人应该用工作态度来从事诗歌创作。有没有灵感，对写诗来说，不是特别重要的契机。这对我触动非常大。因为从小受到的诗歌教育给我留下的不可磨灭的信条是，诗是天才的事业。现在，这个魔咒被瓦雷里破除了。所以，在很多时候，写一首诗，是一个分很多步骤才能完成的事情，就像画家画出他的感觉，要画很多素描。

另一个原因，就是25岁以后，坚定了写诗的信念之后，发现新诗历史上很多非常有天赋的诗人，卞之琳，冯至，都写得很少。但通过我自己的研究心得，我发现，这种产量的有限，其实源于他们自身的诗歌观念对其写作能力的束缚。某种意义上，从诗人同行的角度（而不是文学史的角度），我觉得他们写得都太趣味化。卞之琳耽于语言趣味，冯至耽于思想趣味。当然，从诗艺的角度，我觉得他们都是新诗历史上的超一流写作者。但对我而言，在他们之外，可能还有更广阔的新诗的可能性，随着新的历史情境的出现，而越来越清晰了。

敬文东：您曾在 1998 年的一篇文章中说道："1990 年代的诗歌主题实际只有两个：历史的个人化和语言的欢乐。"从您迄今为止的诗作中可以看出，语言的快乐更多地属于您自己。您的大多数读者也能体会到您的诗作中那种明显的语言的快乐。比如说，早期您有这样的句子："当别人说我们蜻蜓点水时，/他们的意思刚好相反。/而且更难堪的是，即使插上翅膀，/飞临蜻蜓点过水的湖面，/我们也干不出来那么美观的事情。"语言的快乐和诗的成败利钝到底有何关系？

臧棣：上世纪 90 年代谈及的"历史的个人化和语言的欢乐"，一方面，是我对新诗的历史的一种反思，另一方面，其实更多的也是我对自己的写作动机所做的一次激烈的修正。从诗和现实的关联上看，新诗的现代性和历史纠缠得太紧密。新诗的写作实践，按"五四"那一代知识分子诗人的想法，如果不和历史发生密切的关系，就是无效的，是对现实人生的逃避。古典文学，按陈独秀的判断，就是因为没有对现代意义上的"人生"进行描绘，所以被判定为"山林文学"。站在今天的角度，我们知道，那一代人对历史的认知，包括在思索诗和历史的关系方面，都带有浓郁的实用主义倾向。把诗历史化的最不可思议的后果，就是对诗的审美性的评判越来越依据诗对历史的反映。最僵化的时候，诗已深陷在题材决定论中。而且很多时候，由于对诗的表达的多元性不宽容，诗对历史的反映，又被规定得相当狭隘。这种状况，对诗的想象力造成一种专横的打压。所以，我想到的解决办法就是将历史个人化，将历史经验内化为诗人自身的生命体验。"语言的欢乐"，可能有好几个来源。一、源于我早年对法国诗人兰波的阅读，比如《元音》，比如《醉舟》。这些诗中展示出的语言的奇妙，对我来说，绝对意味着生命的快感。二、尼采的《快乐的知识》。当然，不可否认，我加入了很多自己的体会，然后将语言的表达在本质上归结为一种发明生命的快乐的能力。三、源于美国诗人华莱士·史蒂文斯的一个想法，用语言的欢乐去冲破理性的局限。

四、布罗茨基的想法。语言是诗的主人。所以，在诗的写作中，我一直告诫自己，不要把自己的绝望过多地带入诗的情绪中。在语言的欢乐这样的观念里，或许还预设了对语言的自主性的充分的尊敬。语言对生命的启迪，其实是最需要人们感恩的一个事实。语言的欢乐，就我自己的感受而言，还包含了诗的语言对生命的提升能力。一句话，语言的欢乐成就了生命的本质。

敬文东：读您的诗给我留下了一个强烈的印象：您非常尊重诗所拥有的自我，也就是诗自己想成为的那个样子。早在 1997 年的一首诗中就出现了这样的句子："一首诗是它自己的天堂。"2014 年您也写道："我们写诗，无非是学会/在睁大的眼睛里闭上眼睛。/或者更激进的，其实是要学会/在闭上的眼睛里闭上眼睛。"这些诗句都可以被理解为对诗之自我的尊重。如果您同意我的观察，请告诉我们这些读者，您是如何做到这一点的；如果不同意，也请指正我的观察。

臧棣：的确如此。现代诗的起源其实就是源自对自我的重视。其实，对个体生命的存在的审视，并非肇始于现代历史。古典时期，自我和群体之间的社会关系，也一直被人们思考着。相对而言，古典社会强调"克己"，通过严格的道德自省，来转化自我的价值。即便当人们的生命视域转入人和自然的关系时，也基本上是通过"忘我"，来追求更高的大于自我的人生智慧。在"天人合一"这样的世界观里，生成的那个新的生命情境，恐怕已没有多少自我的成分。基本上，古典社会的生命逻辑都是建立在对自我的压抑的基础之上。现代以来，特别是在现代诗这一脉中，对自我的张扬，变成了诗歌书写的一个极其重要的母题。浪漫主义对天才的自我的褒扬，经常被人们误解；但不可否认，它开启了我们体验生命的意义的新的路径。"天生我材必有用"，其实暗合对生命的个体的绝对价值的尊崇。从我读到惠特曼的《自我之歌》起，自我和生命价值之间的关联，就已经呈现了。虽然当时还年轻，不可能完全参透其中的意义。对我来说，自我和诗几乎是同构的。甚至可以说，诗的自我是人的自我的一个更纯粹的版本。诗的自我，其实也和传统诗学中强调的"立言"有关。我其实很认同"立言"传统所包含的神圣性，即诗的书写不仅是对生命感受的抒发，而且是要通过这种强力的书写，将游移在言述中的生命的气息凝固成一种近乎实体的存在。"一首诗是它自己的天堂"，但也对我们开启了一种进入它的语言通道。荷尔德林说，在诗的神圣性中，人们可以有机会体验到"更高的生命"。我其实是深信这一点的。

敬文东：2014 年，您在一首短诗中有很棒的一句诗行："我喜欢在历史的阴影中写东西。"历史的阴影对您的诗歌写作意味着什么呢？

臧棣：谢谢您的敏锐的感觉。这句话确实触及我一直在诗歌书写中秉持的基本立场。与"历史的阴影"相对的，可能是广场效应。就个人而言，其实它有两个来源。一、日本作家谷崎润一郎写过的《阴翳礼赞》，曾对我有过极深的影响，几乎重启了我对自然的看法。二、在当代诗歌的书写中，光明和黑暗之间的对峙，对当代诗的想象力构成了一种专断的压倒性的影响。这导致了当代诗的书写总倾向于诗必须有一个明确的主题。诗的道德眼光也是非此即彼的。而"历史的阴影"意味着诗人必须去探索历史中的晦暗地带，去思索人的存在的更复杂的情形。没有阴影的写作，就如同我们的生存情境中只有白天，那会是一种非常单一的可怕的状况。所以，这首先意味着一种勇气，诗人必须敢于置身历史的阴影，摆脱非黑即白的二元对立的历史话语体系。写作中的"阴影"，也与洞察力所需要的"冷静"有关。在"历史的阴影"中，诗人可以冷静地审视自我和社会的关联。诗的真理，其实也多半是从历史的阴影中发现的。

敬文东：一般说来，现代主义文学被定义为有罪的成人之诗，诗人和作家更多关注负面的、消极的情绪。您可能是少数几个在诗中关注幸福的诗人。整体看待您的诗歌写作，有心的读者从中发现幸福诗学并不困难。您觉得幸福和诗到底是什么关系？

臧棣：我的诗歌书写中的确包含了一种对幸福的渴望。这和早年我对希腊思想的阅读有关。希腊的哲学里有很多对幸福和人生之间的关系的思考。而我的理解是，世界观意义上的幸福，不单纯是对人生的可能的一种性质的判断。它更主要的启示，在于"幸福"这个词向我们昭示了一种生命能力，如果生命的智慧是可以被把握的，那么，对幸福的体会展现的是一种体验生命的自我的能力。我当然知道，现代主义文学的主流是阴郁的。并且，在文学观上，这种阴郁的气质被认为是与文学的思想深度联系在一起的。正像在悲观主义和乐观主义的选项面前，乐观主义先天就被植入了一种浅薄。而悲观主义，很容易就显得深刻。说实话，我很反感这一点。这是一种很严重的文学势利眼。我不是乐观主义者，正如我也绝不可能是悲观主义者。几乎所有的现代主义文学都热衷于揭示所谓的"真相"，其实，这也非常势利。诗不是真相。如果世界是以真相的形式存在的，那么，在我看来，这不仅是邪恶的，也是可怕的。诗是反真相的。就像我前面讲过的，诗是它自己的天堂。我的本意并非要把诗比成天堂，而是试图澄清诗首先是一种存在。一种比个体短暂的存在更持久的存在。没有这种内嵌在诗中的存在性，我们凭什么感受到杜甫的精神呢。有的时候，我觉得我很同情海子的直觉。海子其实也反感现代诗歌中过于"阴郁"的那一面。大约从很年轻的时候起，从我读过尼采之后，我便开始有意识地从我自己身上逐步清除现代文学的"阴郁"（你说的"负面的、消极的情绪"）的东西。按尼采关于主人和奴隶的划分，我自己倾向于认为，现代文学中的"阴郁"（甚至包括"巴黎的忧郁"、本雅明的忧郁、卡夫卡的阴郁），自觉不自觉都可能陷入了一种奴隶的逻辑。尼采讲过，人还是要做自己的主人。虽然这很难，但对我而言，自我和诗的关系恰恰提供了一种千载难逢的机遇。我和张枣也曾就诗的积极和诗的消极，有过分歧很大的"辩论"。张枣说，我的诗太积极了。当然，他讲的我的诗的积极，是说我太信任语言的雄辩了。但其实，我的基本诗观是，诗必须体现出一种生命的创造性。我的基本感觉是，在诗的创造性面前，人们习惯谈论的"积极"也好，"消极"也罢，都不重要。华兹华斯讲过"孩子是成年的父亲"。其实，写出成人之诗，相对而言，还是容易做到的。立足于悲观地感受世界，成人之诗这种东西，不难写出。真正难的是，基于生命的创造性，又好奇于生命的可能的诗。或者引入德勒兹的眼光，成人之诗，以人生的悲剧性为底色的诗，已陷入阴郁的泥淖，从而丧失了一种生成性。我还是想天真的诗。诗的天真，或天真的诗，不代表对人生的缺陷或历史之恶缺乏洞察。恰恰相反，诗的天真，正是基于对历史之恶（恩格斯的概念）深具洞察，不甘于生命的可能全然被其吞噬，而进行的一种生命的反抗。

敬文东：在一首名为《抵抗诗学丛书》的诗作

中，您这样写道："这首诗关心如何具体，它抵挡住了十八吨的黑暗。/这黑暗距离你的胸口只剩下/不到一毫米的锋利……"读者可以认为，这首诗触及了现代诗学的一个核心主题：诗的命运和诗人的命运。臧棣先生如何理解这个您自己提出的诗学问题？

臧棣：抵抗诗学这样的说法，带点概念秀的意味。从我自己的诗歌观念来说，抵抗诗学，依然有点姿态化。大致可以把它看成一种针对流行观念的戏份。对我而言，诗的表达一旦流于抵抗诗学，多少表面诗人自身的思想逻辑就已经被套牢了。说实话，这东西，对诗歌这么高级的想象力而言，依然太浅显了。话虽如此，它也还是揭示出了现代生存的严峻性质。说到抵抗，对我而言，首先就是要借助诗的眼光，借助诗歌语言的角度，将世界的丰富性从世界的观念性中解救出来。这一过程，最重要的步骤，就是人们尽可能地借助诗的表达回到具体的生命情境中。现在的生存中，人的具体性几乎已被掏空。很多时候，也许我们和事物离得很近，但其实并没有形成具体的感受事物的能力。所以，对我而言，诗的写作首要的工作之一，就是表达生命的具体性。生命的具体性首先反映在现实存在对个体的生命的剥夺和异化方面。这种被剥夺感，构成了诗人最基本的命运情境。面对来自外部世界的剥夺和扭曲，诗除了强力展示语言的创造力，别无更好的出路。诗的命运，依然是成就生命的智慧。这方面，我还是愿意相信弗罗斯特的话：诗始于愉悦，终于智慧。诗人的命运中，如果有特别艰难的东西，我赞成布罗茨基的态度，还是要超然一点。因为这不仅涉及诗的尊严，也涉及生命的尊严。布罗茨基不赞成诗人在诗的表达中过多展示自己的痛苦。那有点像拿生命的痛苦卖艺。有时候，我也会感到自己很矛盾。因为我有点抵制这样的念头：通过在诗歌中表达生命的苦痛，从而获得生命的治愈。真正的苦痛，非常神圣，不可能被任何东西治愈。人们通常说治愈，或期待诗的表达有一种纾解作用，这不过是一种自欺欺人的说法。诗的治愈，其实是一种情绪的转移。诗的命运是语言的命运：卷入世界的搏斗，并在其中彰显美的可能。

敬文东：读您的诗，读者更容易从文字的移动中，体会到一股神秘的气息。这气息对于您的诗歌写作意味着什么？

臧棣：诗的神秘，包括诗和神秘的关系，经常被误解。但对我而言，诗的神秘是很真实存在的一种东西。首先，经过语言的组织，诗被创造出来，反映了人们对世界的一种感知。这个过程，对人的生命意识的影响，就很神秘。其次，诗的神秘，在本质上，反映的是人的生命感觉的活跃程度。一个已经被人生的艰难摧毁的人，生命已经非常疲倦，因而也不可能对世界的丰富性有着旺盛的感知。所以，诗的神秘反映的是宇宙的丰富性。在我们对世界的感知中，诗的神秘，意味着一个积极的生命总渴望找到新的角度，在新的层次，发现人和事物之间的新的关系。正是这个关系，活跃了生命的可能性。另一方面，"诗就是不祛魅"，也是我早年倡导的一个立场。现代文学太依赖"事实"，又在文学主题方面，把文学的事实性理解得太狭隘，总喜欢把诗的表达纳入一种经验的逻辑。这其实是需要警惕的。里尔克讲过"诗是经验"。当然，从诗人自身成长的轨迹而言，作为一种提醒，这句话也还是有益的。但我现在的想法是，"诗是经验"，并非说诗的表达要以回到经验为终极目的。这怎么可能？"诗是经验"，依然是一个比较浅层次的东西。就像再怎么有经验，人们依然会遭遇人生的难题一样。"诗是经验"，从逻辑上深究的话，其实也是一种尼采意义上的奴隶意识。诗高于经验。所以，我的基本想法是，诗的神秘有助于开启生命对这个世界的更丰富的感受空间。

敬文东：您能对您的读者谈谈您最核心的诗歌观念吗？

臧棣：诗是生命的自我表达。诗是生命的最高智慧的体现。对我而言，人和世界的关系，人和生命的关系，如果能实现一种价值的话，那么它必然意味着诗和自我的关系。对生命的启示而言，也没有比诗歌更无私更高级的智慧。